MEGAN HUNTER

Die Harpyie

MEGAN HUNTER

Die Harpyie

Roman

Aus dem Englischen von
Ebba D. Drolshagen

C.H.Beck

Titel der englischen Ausgabe:
The Harpy
Copyright © 2020 by Megan Hunter
Erschienen bei Picador, an imprint of Pan Macmillan, London 2020

Für die deutsche Ausgabe:
© Verlag C.H.Beck oHG, München 2021
www.chbeck.de
Umschlaggestaltung: geviert.com, Michaela Kneißl,
nach dem Originalumschlag, © Picador 2020
Umschlagabbildung: Amy Judd, Gallery Jeff Hicks
Satz: Janß GmbH, Pfungstadt
Druck und Bindung: CPI – Ebner & Spiegel, Ulm
Gedruckt auf säurefreiem, alterungsbeständigem Papier
(hergestellt aus chlorfrei gebleichtem Zellstoff)
Printed in Germany
ISBN 978 3 406 76663 3

klimaneutral produziert
www.chbeck.de/nachhaltig

Für Emma

Welche Frau [...] hat sich, überrascht und bestürzt über das berühmt-berüchtigte Hin und Her ihrer Triebe (hat man sie doch im Glauben gelassen, eine normale, ausgeglichene Frau strahle eine [...] göttliche Ruhe aus), nicht selbst angeklagt, ein Monster zu sein?

Hélène Cixous, Das Lachen der Medusa

Jungfraunartig der Vögel Gesicht; doch scheußlich des Bauches Auswurf; Hände mit Krallen bewehrt, und ewig von Hunger bleich das Gesicht.

Vergil, Aeneis

Das letzte Mal. Er legt sich hin, ein warmer Abend, das T-Shirt hochgezogen, den Kopf weggedreht. In Nächten wie diesen würde ich am liebsten über den Himmel fliegen, ein solcher Himmel lässt einen glauben, dass es nie dunkel wird.

Nachbarn grillen: Der Fleischgeruch – süß und anheimelnd – weht ihm übers Gesicht. Unten liegen unsere Kinder in ihren Betten, durchträumen die Stunden, ihre Tür ist geschlossen, die Vorhänge schließen das späte Licht aus.

Wir haben uns auf einen winzigen Schnitt geeinigt, an seinem Oberschenkel, eine Stelle, die unter den Jeans verborgen, von den Hemden bedeckt sein wird. Eine Stelle mit festem Fleisch, stabilem Knochen, fast haarlos. Glatt, empfänglich.

Jake ist nicht zimperlich: Er ist wie ein Mann, der erwartet, gleich tätowiert zu werden. Sein Haar wird lang, es fällt ihm lockig in den Nacken. Seine Augen sind geschlossen, nicht zusammengekniffen, nur geschlossen, wie ein begabtes Kind, das den Schlaf bloß vortäuscht.

•

Sie waren erst Kollegen, dann Freunde, ich hegte zunächst keinen Verdacht. Es gab lange E-Mails, flüchtig auf seinem Telefon aufblitzende Spuren, Erscheinungen. Das jungfräuliche, blaue Licht seiner SMS-Benachrichtigungen in der Dunkelheit. Abende, an denen wir nicht zusammen fernsehen konnten, weil sie anrief. Abende, an denen ich früh zu Bett ging und mich freute, das Bett für mich zu haben.

Wenn ich zu ihm hineinging – um etwas zu holen oder ein Licht auszumachen –, hörte ich, dass seine Stimme anders klang. Nicht romantisch oder zärtlich, nur offiziell. Seine *öffentliche Stimme*, so sprach er mit Postboten, Verkäufern, Institutsleuten. Ich hielt das für ein gutes Zeichen.

•

Ich nehme das Rasiermesser – ich habe es, Anweisungen auf YouTube folgend, sorgfältig sterilisiert – und setze es auf seine Haut. Ich drücke, erst vorsichtig, dann mit etwas mehr Kraft.

•

Jakes Haut war fast das Erste, was mir an ihm auffiel, als wir uns kennenlernten. Wie die Haut eines mit Milch genährten, verwöhnten Jungen – er war ein Junge. Wie jemand, der große, ausladende Boxershorts trug. Der ruhig schlief, auf der Seite. Mit blondem Lockenkopf, wie ein Engel. Sogar seine Wimpern bogen sich. Tränen verfingen sich in ihnen, wenn wir stritten. Die Haut auf seinem Bauch war haarlos und weich wie die einer Frau. Als wir das erste Mal miteinander ins Bett gingen, küsste ich ihn dort.

•

Einmal, spätabends, stellte ich ihn zur Rede, ich war im Schlafanzug und lehnte am Kühlschrank.

Würdest du gern mit ihr schlafen?, fragte ich ihn. *Ich fände es gut, wenn wir da ganz ehrlich wären.*

Er lachte. *Ich wünschte, du würdest sie kennenlernen*, sagte er. *Sie ist* – er hielt inne, sein Schweigen ein Platzhalter für Unscheinbarkeit, fortgeschrittenes Alter, schlechten Atem.

Sie ist verheiratet, sagte er schließlich. Er sah mich an, fast freundlich. Wir berührten uns nicht.

•

Ich ziehe das Rasiermesser heraus, unter dem Silber quillt ein Märchen-Blutstropfen hervor. Nie zuvor habe ich so starke Farben gesehen: rein und comicartig, weiße Haut, meerblaues Hemd, dunkles Rot, rollend, suchend. Von ihm kein Laut.

I

~

Ich frage mich, ob man mir glauben würde, wenn ich sage, dass ich nie ein gewalttätiger Mensch gewesen bin. Ich habe noch nie ein warmes Tier in der Armbeuge gehalten und ihm dann den Hals umgedreht. Ich habe nie zu den Frauen gehört, die davon träumen, ihre Kinder zu ersticken, wenn sie ungezogen sind, die diese Vorstellung wie einen Schnellzug an ihrem inneren Auge vorbeirasen sehen.

Ich habe mich nie jemandem aufgedrängt, nie jemandem unter die Kleider gefasst, nie versucht, Liebe aus einem anderen Körper zu wringen. Nichts dergleichen.

Auch als Kind nicht, ich erinnere mich an das durchdringende Gefühl von Schuld, wenn sich mein Finger über ein Insekt senkte, über noch eins und noch eins. Ich beobachtete den Wimpernschlag des Universums, vom Leben zum Tod, ein Flashover, *wie er, so sagte man, bei einem Atomschlag geschieht. Ich sah, was mein Finger tun konnte, und hörte auf.*

~

1

Es geschah an einem Freitag, die Jungs waren in den letzten Zügen ihrer Wochenroutine, ich bemühte mich ihretwegen um Gefasstheit, ein Schiff im Trockendock, etwas, dessen Ende kaum abzusehen war. Ich holte sie von der Schule ab, verteilte Snacks, sammelte Schnipsel ihres Tages, die Verpackungen ihrer Süßigkeiten. Es war fast Wintersonnwende, als wir nach Hause liefen, ging die Sonne unter, sie verglühte am Sportplatz hinter unserem Haus. Vögel flogen vor uns auf, Bleistiftstriche über den Farben.

Damals hörte ich immer Gänsescharen über unserem Dach, als lebte ich in einem Moor und nicht am Rande einer wohlhabenden Kleinstadt. Ich schloss die Augen und spürte es: Grünschlammig drang das Erdwasser durch meine Haut.

~

Sollte jemand das jemals herausfinden, weiß ich, was sie denken werden: Ich bin ein furchtbarer Mensch. Ich bin ein furchtbarer Mensch und sie – die Entdecker – sind gute Menschen. Freundliche, großherzige, angenehme Menschen. Attraktiv, wohlriechend. Dieser Mensch – diese Frau, vielleicht – würde niemals tun, was ich getan habe. Sie würde es nicht einmal versuchen.

~

2

Die Jungs waren an diesem Tag glücklich; es gab keine Dramen, es lagen keine Kleinkinder mitten auf der Straße.

Als sie kleiner waren, musste ich sie ständig vom Trottoir aufheben, ich rechnete immer damit, dass ich für meinen Weg eine Minute, eine Stunde länger brauchen würde. Eine Woche. Paddy, der Ältere, hat die Geburt seines Bruders nie verwunden; als er kleiner war, tobte er jeden Tag, es schien, als steckten wir auf ewig fest in diesem einen Moment.

Kurz bevor ich es erfuhr, hatte ich immer häufiger das Gefühl, als wären die Kinder Wesen, die ich aus einem Käfig herausgelassen hatte. Plötzlich waren sie freie, flinke Geschöpfe, die um mich herumtollten. Vor allem Paddy hatte eine neue innere Ruhe, die ich als Charakterzug erkannte, Gedanken, die zu dichten, rätselhaften Orten wurden, ganze Welten, von denen ich nie etwas erfahren würde.

An diesem Nachmittag war er lieb zu seinem kleinen Bruder, seine Sanftheit war eine Erleichterung wie eine Segnung, Ted war in jeder Sekunde so bemüht, bei ihm in gutem Licht zu stehen, in dessen nahezu mystischer Helligkeit, wie Sonnenschein am Boden eines Schwimmbeckens. Sie sammelten Zweige, Tannenzapfen; Ted hatte den Saum seines Schulpullovers hochgerollt und legte sie in den gerafften Stoff, die kleinen Finger hellrot vor Kälte.

Zieht die Handschuhe an! Nach sieben Jahren waren das nur noch hohle Phrasen, ich sagte sie dennoch. Wie eigenartig, dass ich ständig mögliche Unannehmlichkeiten für die Kinder im Blick behielt, statt hinzunehmen, dass es ihnen egal war, ihnen die Empfindung vielleicht sogar gefiel: zu Eis gewordene Finger, taub und prickelnd.

Als wir am Sportplatz vorbeigingen, brannte gerade die Sonne aus, so tief, dass wir direkt in sie hineinblickten. Ted klammerte sich an mich und es war furchterregend, wenn man darüber nachdachte: ein Feuerball so nah an unserem Haus.

In den letzten Jahren kam mir das Haus immer mehr wie ein enger Freund vor, fast wie ein Geliebter, es hatte so viele Stunden meines Lebens aufgesogen, meine ganze Existenz hing wie Rauch in seinem Mauerwerk. Ich konnte mir gut vorstellen, dass es uns zuzwinkerte, als wir uns näherten, die Fenster so offensichtlich wie Augen, diese diskrete Linie seines geschlossenen Hintertür-Munds. Ich war den ganzen Tag im Haus gewesen, und doch freute ich mich darauf, es wieder zu spüren, die ruhige, geregelte Wärme der Zentralheizung, die Unverrückbarkeit seiner Mauern.

Als wir hereinkamen, kroch das orangefarbene Sonnenlicht in die Ecken des Hauses, an den Vorhängen hoch, verlosch. Die Jungs warfen sich aufs Sofa, die Hände schon auf der Suche nach der Fernbedienung. Ich war beim Fernsehen immer großzügig; ich hätte vielleicht nicht überlebt, wenn die Gedanken der Kinder nicht von den meinen getrennt gewesen wären, von mir abgelöst und in eine Kiste verschoben. Als Ted ein Baby und Paddy ein Krabbelkind waren, ließ ich den Fernseher nachmittags stundenlang laufen, die Jingles verbanden sich mit meinem Herzschlag, wurden ein Teil von mir. Wenn ich Jahre später die Erkennungsmelodie von Sendungen hörte, die Paddy damals mochte, wirkte das immer noch bedrohlich: *Du bist eine schlechte Mutter*, sangen die sprechenden Affen, die lila Giraffen. *Du hast a-ha-lles verbockt.*

Paddy sah immer ruhig und reglos fern, er langweilte sich nicht und ließ sich nicht ablenken. Anfangs gab mir das Zeit, um Ted zu stillen, Neugeborene brauchen so lange, dieses endlose Saugen, der regelmäßige Rhythmus des kleinen Mundes, Paddy neben mir atmete langsam, er ließ sich vom Fernsehen stillen.

Jetzt verbrachte ich die Nachmittage nach der Schule als eine Art Kellnerin, was mir nichts ausmachte. Vielleicht erinnerte es mich an die Zeiten, in denen ich wirklich für Geld gekellnert hatte, Kaffee gekocht, Fußböden gefegt. Ich mochte diese Jobs, ihre Schlichtheit, sie machten mich so müde, dass ich durchlässig wurde, ganz offen für die Welt. Müdigkeit war anders, als nichts von mir erwartet wurde; es war ein Vergnügen, mich nach Feierabend mit den Kollegen an einen Pub-Tisch zu setzen. So viel zu trinken, dass ich kaum noch geradeaus gucken konnte.

Das Essen für die Jungs bereitete ich mit den Tricks zu, die ich damals gelernt hatte, legte die Brotscheiben nebeneinander auf die Arbeitsfläche, butterte alle auf einmal. Ich dachte an meinen Chef in dem Sandwich-Laden, er hatte gesagt, Butter bilde eine Barriere, damit der Belag nicht durchsickere. Sie waren immer so gestresst gewesen, diese Chefs, und ich duckte mich vor ihren Gefühlen weg, das

Gesicht ausdruckslos, faul. Ein bisschen fühlte es sich auch jetzt so an, als ich den Jungs die Sandwiches ans Sofa brachte; Jake sagte immer, ich solle sie da nicht essen lassen, es locke Ungeziefer an. Er hatte recht – seit einiger Zeit hörte ich es in der Wand oder unter den Dielen scharren und schaben. Ich fand nicht heraus, woher das Geräusch kam. Ich legte den Jungs Servietten auf den Schoß, stellte die Sandwiches hin, sagte, sie sollten nicht krümeln.

Ich war auf dem Rückweg in die Küche, als mein Telefon klingelte. Es war ein leises Blöken, leicht zu überhören, aber ich beeilte mich doch, ranzugehen, dachte an Jake und fragte mich, mit welchem Zug er wohl käme. Ich hatte mich an den Worst Case gewöhnt, den Siebenfünfzehn, die Kinder im Bett, sein Abendessen unter einem Teller, das Haus und ich allein, wir warteten auf ihn. Aber noch hoffte ich auf das Beste, den Fünffünfundvierzig, hoffte auf den Energiestoß, den er aus der Welt da draußen mitbrachte, wenn das Badewasser gerade einlief, der Geschirrspüler angestellt werden musste. *Papa kommt zum Schlafengehen*, zwinkerte ich den Jungs zu, wenn wir hörten, wie die Haustür mit diesem ganz speziellen Knall zufiel, und ihre Gesichter hellten sich vor Freude auf.

Ich sage, dass ich an Jake und seinen Zug dachte, als ich das Telefon klingeln hörte, aber ich weiß, dass ich das vielleicht jetzt erst einfüge, als perfekten Kontrapunkt zu dem, was dann folgte. Ich verpasste den Anruf – es schien nur kurz zu klingeln – und sah auf dem Display eine unbekannte Nummer. Eine Zahlenreihe statt eines Namens erschien mir immer als etwas Feindseliges, als Hinweis auf Anrufer, die Geld oder Gefälligkeiten wollten. Ich drehte das Telefon um, nahm eine Packung Geflügelteile aus dem

Kühlschrank, drehte den Backofen an. Es klingelte wieder, ein an Lämmerstimmen erinnerndes Anschwellen einzelner, hoher Töne, jetzt direkt neben meiner Hand, nicht zu ignorieren. Ich drehte das Handy wieder um, sah, dass es meine Mailbox war, hielt es mir ans Ohr.

~

Das ist er: der letzte Augenblick. Die Kinder gucken Fernsehen. Die Sonne ist untergegangen, der Garten nur noch ein dunkles Rechteck am Hinterausgang. Ich sehe mich an. Ich sehe sie an.

Sie dreht den Schalter, der Backofen ist an, von hinten beleuchtet wie eine Bühne, eine Woge heißen Atems. Das Telefon, erhoben. Sie weiß es nicht. Sie weiß fast gar nichts. Ihre Haut ist klar, faltenlos, sie ist gerade einmal Mitte dreißig. Nicht schön. In keiner Weise außergewöhnlich. Aber eines hat sie: Ihr Unwissen, es reicht von diesem Augenblick in die Ewigkeit, gehört ihr.

~

3

Nach dem Piepton kam erst nichts, dann ein tiefes Einatmen, ein Geräusch, wie man es vor einem Seufzer macht. Dann folgten die Wörter, es waren weniger Wörter als vielmehr Atomzertrümmerer, ein wissenschaftliches Experiment, das die Zusammensetzung des Universums veränderte, das plastikverpackte Huhn in meiner Hand, den Herd, das Spülbecken, das Radiogerät.

Hier ist David Holmes. Ich bin Vanessa Holmes' Ehemann. Ich meine, dass Sie wissen sollten –

Ein Schlucken, vielleicht ein Räuspern, zu guttural, um es am Telefon wirklich hören zu können, flüssige Vorgänge im Körperinneren eines anderen Menschen.

Ihr Ehemann – Jake, Jake Stevenson – schläft mit meiner Frau. Er ist – ich habe es heute erfahren. Ich meine, dass Sie das wissen sollten.

Er sagte das zweimal: Er meine, ich solle das wissen. So, wie er das sagte – selbst die Brüchigkeit seiner Stimme, sodass sie wie bei einem Halbwüchsigen zwischen Hoch und

Tief schwankte –, schien es bedeutsam. Gut durchdacht, als wisse er, dass Wissen in einer Ehe wichtig war, dass es angebracht war. Er legte Wert auf Nachnamen, für alle. Damit es offiziell war. Er hatte eine ernste Professorenstimme, vielleicht lag es daran. Ich höre seit jeher sehr gern Akademikern beim Reden zu und habe die Neigung, zu glauben, was sie sagen. Ich habe mich einmal selbst in dieser Kunst geübt.

Folglich war meine erste Reaktion, als ich ihn diese Sätze sagen hörte, dass ich nickte, sehr schnell, und das Huhn hinlegte.

4

Ich fragte mich, wie eine Frau in einem Film auf eine solche Nachricht reagieren würde. Sie würde zittern. Ich streckte die Hand aus, um zu sehen, ob ich zitterte. Allerdings haben meine Hände seit jeher einen leichten Tremor. Ich blickte auf meine Finger, ihre einzelnen Bewegungen, voneinander getrennte, im Küchenlicht zuckende Wesen.

Nebenan lief der Fernseher, er flackerte ungerührt weiter. Als ich als Kind begriffen hatte, dass der Fernseher mich nicht beschützen würde, enttäuschte mich das; ich hatte ihn mir als intelligentes Wesen vorgestellt, das Gefahren erspürte. Doch dann sah ich die Polizei-Rekonstruktion eines Mordfalles, die Frau lag tot auf ihrem Sofa und der Fernseher redete über sie hinweg.

Mami, kann ich was zu trinken haben, bitte? Wir haben den Kindern beigebracht, Bitte zu sagen, aber nicht, in die Küche zu kommen und sich aus einem für sie gut erreichbaren Plastikkrug Wasser einzugießen. Wir haben das versäumt und sehen uns doch jedes Mal seufzend an, wenn sie uns, ihre Diener, rufen. Wenn ich allein zu Hause bin, ist es einfacher, Dienerin zu sein, mich in diesem immer gleichen Bewegungsablauf zu verlieren, von Schrank zu Spülbecken, Spülbecken zu Diele, zu ihren durstigen

Gesichtern. Manche kritisieren, dass Frauen sich völlig in der Mutterschaft verlieren, aber tun wir nicht vieles in der Hoffnung, uns zu verlieren? Die praktische Seite hat mir nie viel ausgemacht, das Holen und Tragen, die Arbeit mit den Händen.

Ich begann, das Abendessen zuzubereiten. Ich beherrschte nur ein paar Gerichte, vor allem einfache Sachen. Wie die meisten besaß ich ein Regal voller Kochbücher und kochte gelegentlich danach, als Folge guter Neujahrsvorsätze oder einer plötzlichen, von einem Traum ausgelösten Lust. Doch egal, wie einfach die Rezepte auch waren, sie wurden nicht zur Routine. Was Routine blieb: eine Hühnerbrust, in Portionen geschnitten, jede in gewürztem Mehl gewendet. Sogar das Würzen des Mehls schien extravagant, dieses Vertrauen, dass Salz und Pfeffer sich irgendwie mit dem weißen Pulver verbinden und den Geschmack des Huhns verändern würden. Ich fand Kochen immer mysteriös, die Kunst des Unsichtbaren.

Als ich das Huhn zerteilte, fiel mir auf, dass es anders geworden war, die Fleischfasern verwandelt, faseriger, seine hautlose Oberfläche fast opalisierend. *Ich bin eine Frau, deren Mann eine Affäre hat*, sagte ich mir, als entstünde durch diese Worte eine neue Realität. Dann sprach ich sie laut aus, um den Satz auf der Zunge zu schmecken, seine Rhythmen über die Lippen gleiten zu lassen. Ich sagte ihren Namen.

Vanessa. Die ersten Male, an denen ich sie gesehen hatte: lachend bei unserer Weihnachtsparty. Ein weicher Händedruck bei einem Institutsfest, später: mit geradem Rücken, klatschend. Ein strenges Jackett, die Haare hinter die Ohren gestrichen. Wo kaufte sie diese Jacketts? Ich stellte mir vor, dass sie einen Personal Shopper hatte, der ihr ganze Kleiderstangen voller nahezu identischer Jacketts präsentierte und die subtilen Unterschiede ihrer Machart erläuterte. *Vanessa Holmes.* Eine hochgezogene Augenbraue, zu einem haarigen Strichlein gezupft, der Schwanz eines winzigen Tieres.

Ich bemerkte, dass mir übel war; bemerkte es, wie man bemerkt, dass ein Buch aus dem Regal gefallen ist, unbeteiligt, distanziert. Als ich bei Paddys Geburt Pethidin angeboten bekam, sagten sie, es werde die Schmerzen nicht lindern, aber sie würden mir weniger ausmachen. *Sie wissen, dass sie da sind,* sagte die Hebamme, *aber sie sind Ihnen egal.* Er sagte mir zu, dieser abgespaltene Schmerz, doch dann blieb keine Zeit für das Medikament, denn plötzlich kam Paddy und die Chance war verpasst.

Als das Huhn aufgeschnitten war, presste ich eine ganze Zitrone darüber, so hatte es meine Mutter mir beigebracht. Meine Mutter kochte nicht gern, kannte aber ein paar Tricks. Dazu gehörte, dass man die dicke, gelbe Schale mit der Faust umklammern, die Nägel hineingraben, fest pressen musste. Dabei fiel mir auf – wieder entrückt, wieder aus einer gewissen Distanz –, wie ich mich dabei fühlte, es war, als wehe ein kühler Wind durch meine Brust. Ich quetschte fester, der Saft tropfte in die zischende Pfanne, meine Zähne stießen aufeinander, der Kiefer verkrampfte sich. Ich machte weiter, spürte, wie sich mein Gesicht hässlich verzerrte. Als ich fertig war – als in dieser Frucht kein Tropfen Saft mehr übrig war –, wollte ich die Schale wegwerfen und drehte mich um. In der Tür stand Ted und sah mir zu, den Mund halb offen.

~

Im Blut meiner Familie fließt Wut, diese Wutspur reicht von meiner Urgroßmutter zu meiner Großmutter, zu meiner Mutter, bis zu mir. Vielleicht reicht sie noch weiter zurück, bis zu meiner Ururgroßmutter, die zwölf Kinder hatte, von denen drei starben.

Eines, so erzählte man sich, stand so lange draußen im Kinderwagen, bis sein Gesicht in der Sonne blasig wurde. Ich kenne diese Geschichte seit meiner Kindheit, aber als ich sie meiner Mutter erzählte, sagte sie, ich hätte sie erfunden. Mir bleibt das Rätsel dieser Frau mit den vielen Kindern; war sie so beschäftigt, dass sie das Baby im Kinderwagen nicht bemerkte? Hatte sie es vergessen?

~

5

Es war der Worst Case. Er kam nach acht, die Jungs schliefen, ich lag hellwach in Teds Bett, die Arme zum Trost um ihn gelegt. Es ist falsch, bei seinen Kindern Trost zu suchen, ich weiß. Aber es gab viele Augenblicke wie diesen: Nach einem schwierigen Nachmittag, einem schwierigen Jahr, sein Körper an meinem, nichts war beruhigender als der Rhythmus seines Schlafs. An diesem Abend hatte ich Ted in den Schlaf gesungen; er hatte mich darum gebeten, obwohl Paddy die Hände auf die Ohren presste und *Aufhören!* rief. Doch dann lagen beide ganz ruhig da, und ich sang, bis ich einen rauen Hals hatte und die Nachricht auf der Mailbox irreal erschien, weit entfernt und nur vage bedrohlich, wie ein am Himmel aufscheinendes Feuerwerk.

Ich hörte das Scharren und akkordeonartige Atmen der Haustür, so vertraut, Jakes Schritte, die Tasche, die auf den Stuhl am Tisch plumpste. Ich rührte mich nicht. Jake stand am Fuß der Treppe und rief leise nach oben. Vielleicht dachte er, dass ich noch damit kämpfte, unsere Kinder vom Wachsein in den sanften Schlaf zu bugsieren. Er war allzu oft gerade in dem Augenblick hochgekommen, in dem Ted die Augen zufielen, dann musste ich mit der ganzen Prozedur noch mal von vorne anfangen. Daher rief er nur einmal. Ich hörte, wie er in die Küche ging, die Tür schloss, sein Abendessen in die Mikrowelle schob.

Ich vermute, dass auch meine Eltern das Fernsehen großzügig handhabten, denn wenn ich mir dramatische Szenen in meinem Leben vorstellte, sah ich nur Szenen aus Fernsehserien, Folgen, die ich mir immer wieder angeschaut hatte, weil sie mehr Substanz zu haben schienen als meine eigene Existenz. Mir fiel keine Art ein, wie ich Jake zur Rede stellen könnte, die nicht nach Filmdialog, gespreizt, zu kitschig oder schrecklich banal klingen würde. Ich könnte mich auf ihn stürzen, ihm mit den Fäusten auf die Brust trommeln, von ihm fordern, dass er mir alles erzählte. Ich könnte, methodisch und trockenen Auges, jedes seiner Job-Hemden in Streifen schneiden. Ich könnte ...

Ted bewegte sich, sein Arm, der im Schlaf überraschend schwer und stark war, fiel nach hinten wie ein vom Wind gedrehtes Segel. Er murmelte etwas Unverständliches, versuchte, sich auf dem Bett auszustrecken. Ich musste gehen. Ich dachte daran, nach oben in unser Schlafzimmer zu schleichen und Schlaf vorzutäuschen, aber die Vorstellung war zu einsam, irgendwie zu kalt, ich spürte fast schon die Leere der Laken, dieses Knarzen des Bettes, wenn Jake schließlich kommen und sehen würde, dass ich die Augen geschlossen hatte.

Auf der Treppe erwog ich kurz, so zu tun, als wisse ich nichts, aber das war offensichtlich unsinnig – *sie* würde es ihm sagen. Und bei dem Gedanken an *sie* – plötzlich war der Name unerträglich – geschah etwas. Etwas in mir brach aus seiner Verankerung, dergleichen hatte ich schon oft befürchtet. Als habe sich ein Organ losgerissen, um entwurzelt durch meinen Körper zu treiben.

Solange ich zurückdenken kann, bereitete mein Herz mir panische Angst. Als Zehnjährige war ich nicht vom Gedanken abzubringen, dass es unregelmäßig schlage, ich landete in einer Arztpraxis mit runden Plastiknoppen auf der flachen Brust. Mein Herz, so der Befund, sei gesund. Mit sechzehn, von Examensstress nervlich zerrüttet, bekam ich sogar einen Herzmonitor, einen versteckten Plastikgast zum Aufzeichnen der Störungen, die ich immerzu fühlte, dieses Herz, das schlingerte, zappelte, sich loszureißen versuchte.

Auch damals war alles in Ordnung und mir schien, dass ich die Sachen, die mein Herz machte, nicht mehr erwähnen könnte, seine Abstürze, die Purzelbäume, den Kampf um Befreiung. Ich umklammerte das Treppengeländer und spürte dabei, wie all das Falsche zwischen uns zappelte und sich überschlug, irgendwo, wo es nicht zu sehen war. Als ich vor Jake stand, schwitzte ich und war außer Atem. Ich musste kaum etwas sagen.

6

Jake holte mir Wasser, ließ es laufen, bis es kalt war, prüfte mit der Hand die Temperatur. Als er mir das Glas reichte, war es nass und rutschig, der Inhalt quellfrisch und kühl. Ich stürzte es hinunter, keuchte zwischen den Schlucken.

Er sah mich unverwandt an. Normalerweise hätte er jetzt etwas über den Zug gesagt, die anderen Pendler – *so viele, so verdammt unhöflich* –, hätte mit vollem Mund gesprochen, mit der Gabel gestikuliert. Aber jetzt schob er sich nur das Essen in den Mund, langsam, bedächtig, und taxierte mich.

Wie war dein Tag?, sagte er stattdessen, ließ die Frage so normal klingen wie möglich. Manchmal schien mir das das Schlimmste an der Ehe zu sein: Man wusste so genau, was jeder Tonfall, jede Geste, jede einzelne Bewegung bedeuteten. Schon bevor all das passierte, hatte ich mich gelegentlich nach einem Missverständnis gesehnt, danach, keine Ahnung zu haben, was er gerade meinte.

Ich stellte das Glas ab, zog mir die Ärmel meines Pullovers über die Hände. Ich gab der Stille ein paar Sekunden, fühlte die Unschuld, die in ihnen lag, die Realität unseres Lebens, die vielen Tausend Tage ohne dieses Wissen.

Jake, ich habe mit – eine Sekunde lang glaubte ich, ich

würde seinen Namen vergessen, dass es das war, was uns doch noch retten könnte.

Vergesslichkeit, ein langweiliger Name, den jemand vor Jahrzehnten bekommen hat, entfallen, verschwunden, und Jake käme ungeschoren davon.

David Holmes – da war es schon, auf einen Haken gespießte Wörter. *Er hat mir – das mit dir und Vanessa gesagt.*

Ich schluckte, sah auf. Jake hielt die Gabel in der Luft. Ich hatte augenblickliche Reue erwartet, ein vor schlechtem Gewissen verzerrtes Gesicht – was tatsächlich etwas Neues gewesen wäre, das hatte ich noch nie gesehen. Stattdessen wirkte er verärgert, dieser alte Hund, Wut zeichnete sich auf seinen Zügen ab. Er schüttelte den Kopf.

Dieser verfluchte Wichser. Er ließ die Gabel auf den Teller fallen, ein kleines Alltagsgeräusch. Nichts, was den Nachbarn auffallen würde. Abrupt schob er den Stuhl zurück – dieses Scharren mochten sie bemerkt haben, die Wände waren dünn – und begann, in der Küche hin- und herzugehen, den Kopf zurückgebogen, Hände im Nacken.

Er schien mich vergessen zu haben, ich kam mir winzig vor, am Tisch, die Beine überkreuzt, die Panik war verebbt und durch das Wasser ersetzt, das ich getrunken hatte, seine Wellen brachen in mir.

Er ging weiter auf und ab, als ringe er um eine Entscheidung. Er kam zu mir, das Gesicht verändert, irgendwie jünger, neue Gefühle, neue Haut, mit den Knien runter auf den Fußboden, die Hände griffen nach meinen.

Lucy. Lucy, bitte – es war –, es ist nicht –

Er versuchte, Klischees zu vermeiden, das merkte ich. Versuchte, nichts von dem zu sagen, was wir beide tausend Mal gesehen hatten. All diese dummen, gescheiterten, fiktionalen Fernsehpaare, die nicht einmal eine Sprache fanden, die ihnen allein gehörte. Und jetzt wir.

Vanessa? Ich konnte nicht anders. Der Name blähte sich auf in meinem Mund, hockte mir auf der Zunge. *Vanessa?* Dieser Laut am Ende; Zischen weicht dem offenen Mund, dem Aufklaffen.

Sie ist so – du hast es mir versprochen. Dies durch die Zähne gesprochen, als sei es ein Fehler, den Mund wieder zu öffnen.

Ich mache Schluss. Jake murmelte das in meine Hände, sie rochen, wie ich wusste, nach der Feuchtigkeitscreme, mit der ich vor dem Schlafengehen Paddys Ekzem eingerieben hatte, ein bitterer, penetrant chemischer Geruch.

Ich werde – jetzt weinte er, das war es, was mich schließlich anwiderte und vom Stuhl aufspringen ließ.

Ich habe meinen Vater einmal weinen sehen. Sie zerfetzten einander gnadenlos, meine Eltern. Ein Therapeut nannte das einmal *Häusliche Gewalt.* Aber wir sprachen darüber nie so. Schon eine Stunde später konnte mein Vater vor sich hin summen und Speck fürs Abendessen braten, im Mundwinkel eine Selbstgedrehte. Damals aber saß er am Küchentisch, die Hände vor dem Gesicht. Und er schluchzte, laut, nicht wie ein kleiner Junge oder eine Frau. Wie ein Mann.

Schlaf auf dem gottverdammten Sofa, fauchte ich Jake an, ein Rosenbusch, eine Tarantel, eine dornengespickte, scharfzahnige Kreatur, etwas, das jederzeit hochschnellen konnte. Das *gottverdammte Sofa,* Kinder im Bett, Ehemann weinend auf dem Küchenfußboden – ein Klischee nach dem anderen –, wie hatte das passieren können? In diesem Augenblick war völlig mysteriös, warum es mit uns so hatte kommen können wie mit allen anderen. Fast wie das Mysterium, als das mir Gott erschienen war, wenn ich als Kind in der Kirche gesessen hatte – etwas kaum Anwesendes, grenzenlos Fremdes, niemals ganz ans Licht zu holen.

~

Als ich ein Kind war, gab es ein Buch – jetzt vergriffen, teuer – über ein Einhorn, das ins Meer ging und zum Narwal wurde. Das Buch hatte wunderschöne Abbildungen, dunkelblaue Meere, pfirsichblasse Abendhimmel. Aber das Bild, an das ich mich am besten erinnerte, zeigte die Harpyien: dunkle Schatten, Vögel mit Frauengesichtern, die herabstießen, um das Einhorn zu quälen, es leiden zu lassen.

Ich fragte meine Mutter, was eine Harpyie sei; sie sagte, dass sie Männer für das strafen, was sie tun.

~

7

Am folgenden Tag machten wir alles wie immer, worüber ich zunächst froh war. Jake brachte mir eine Tasse Tee, ich trank sie im Bett und sah zu, wie er mit den Kindern umging, sah seine Normalität, sein *Lächeln*. Paddy erzählte aufgeregt von einer seltenen Hai-Art – einem Koboldhai –, zusammen suchten sie im Netz nach Bildern des monströsen Tieres, beide im Schlafanzug. Ted lag, noch schlaftrunken, bei mir unter der Decke, die Augen knapp über dem Federbett.

Sie waren an diesem Tag zum Geburtstag eines Freundes eingeladen, wir gingen zusammen zu dem Indoor-Spielplatz, tranken dünnen Kaffee, unterhielten uns mit den anderen Eltern über Schwimmvereine und die neue Lehrerin. Jake sprach nur mit anderen Vätern; mir fiel auf, dass ich vage Dankbarkeit dafür empfand, als sei dies ein Geschenk für mich, ein Vogel mit einer Maus im Schnabel. Und ich verspürte den eigenartig starken Drang, einer der anderen Mütter davon zu erzählen, eine von ihnen in die Toiletten mit den Sperrholz-Trennwänden zu ziehen, als seien wir Teenager. Ich hätte Mary wählen können, ich wusste schon, dass sie und ihr Mann samstagmorgens Sex hatten. Das war ihr bei einem der typischen Vergleichsgespräche über die Fernsehzeiten unserer Kinder herausgerutscht, bei dem ich vermutlich unter-, sie übertrieb. *Wir erlauben es ihnen nur samstagmorgens*, sagte sie. *Damit wir etwas Zeit für uns haben.*

Weiter gingen die Enthüllungen trotz dieses Geständnisses nicht. Bei niemandem. Ich hatte es in Lesezirkeln und bei Schulfesten mit Ehrlichkeit versucht, das war nie gut ausgegangen. Einmal hatte ich, Prosecco-beschwipst und mit nichts als ein bisschen Sushi im Magen, gefragt, was sie zur Empfängnisverhütung benutzten. Die Stille war geradezu hörbar.

Wenn man es denn bräuchte, scherzte jemand und lachte. Alle lachten. Ende des Gesprächs.

Ich fragte mich, ob alle insgeheim Spiralen trugen, schartige, effektive Metallstückchen im Uterus hatten. Ich dachte regelmäßig über eine nach, ertrug aber den Gedanken nicht, dass jemand seine Hand in mich hineinschieben würde. Nach einer schwierigen *natürlichen* Geburt und einem Kaiserschnitt hatte ich das Gefühl, dass mein Körper mit gynäkologischen Eingriffen ein für alle Mal durch war. Unlängst hatte ich mich wochenlang für einen Krebsabstrich aufgeputscht, der dann aber ausfiel, als die Ärztin in mich hineinguckte. *Sie bluten noch*, sagte sie, es klang wie ein Vorwurf.

Nach dem Geburtstagsfest stiegen wir auf dem Parkplatz des Industrieparks ins Auto, es nieselte. Die Jungs auf dem Rücksitz maulten, sie verglichen den Inhalt ihrer Fest-Tütchen und meckerten über jeden Unterschied. Jake schlug vor – ohne mich anzusehen –, in den Supermarkt zu fahren, und ich willigte ein, meine Stimme fast verloren im Geräusch des Asphalts. Im Auto schloss ich die Augen, so spürte ich besser, wie schnell wir fuhren, wie sehr ich mich davontragen ließ.

~

Ich wusste, dass mir das Einhorn leidtun, ich seinen Schmerz auf meiner Haut fühlen sollte.

Das arme Tier, *sagte meine Mutter immer und blätterte um.*

Ich aber hatte Mitleid mit den Vogelfrauen. Dauernd stellte ich mir vor, wie das wäre: Meine Flügel füllen sich mit Luft, die ganze Welt breitet sich unter mir aus.

~

8

Die Gefühle setzten nicht alle auf einmal ein. Sie kamen langsam, allmählich. Wir gingen in den Supermarkt, in Gedanken plante ich verschiedene Mahlzeiten, Gerichte, die ich kochen und allen servieren, die Jake zum Mund führen würde. Jake würde dasitzen, mein Essen kauen, es schlucken. Ich tastete dieses Wissen nach Rissen ab, nach Lücken, durch die ich schlüpfen könnte. Es kam mir sehr wichtig vor, dass ich genau diesen Gedanken ertrug: Das von mir marinierte, von mir im Topf gewendete Fleisch wird von ihm gekaut, von ihm verdaut, wird Teil seines Körpers.

Ich dachte, dass ich das ertragen könnte, bemerkte aber ein anderes Gefühl, das in meinem Bauchnabel ansetzte, vielleicht tiefer, in der Kaiserschnittnarbe. Es breitete sich im Unterleib aus, wie ein Menstruationskrampf, eine frühe Wehe. Ich machte mich ganz steif. Als Jake wieder auf mich zukam, er schob den Einkaufswagen, sah ich ihn lächeln, er erzählte Ted einen Witz, beugte sich über den Wagen, wo Ted mit seinem Po auf dem Kindersitz herumrutschte, der Junge umklammerte den Griff so fest, dass die molligen Hände weiß waren.

Die Jungs hatten Hunger, weil sie auf dem Fest fast

nichts gegessen hatten, und während wir einkauften, begannen sie herumzuzappeln, als ob ihre Muskeln versagten, als seien sie nachlässig zusammengeschraubt, sie begannen, aus den Regalen Sachen zu schnappen. Jake und ich meldeten uns sofort zum Dienst, Rettungskräfte im selben Notfall, ermahnten unsere Kinder scharf, legten Schokoladenriegel wieder zurück. Es zählte kaum, dass wir uns nicht in die Augen sahen, nicht berührten. Jetzt waren wir, wie seit Jahren, Teamkollegen, Klassenkameraden. Wir paukten – oder vergaßen – denselben Stoff.

Es verblüffte mich, wie sehr sich neue und alte Realität glichen, wie mühelos wir uns noch abstimmen und die Aufgaben verteilen konnten. Abends kochte Jake, er machte mit Paddy Burger und erlaubte ihm, sie mit der Faust flach zu klopfen. Auch die Badezeit lief ab wie immer, Jake saß neben den Jungs und passte auf, dass sie im Wasser nicht zu wild planschten, ich lief herum und suchte Pyjamas, räumte das Schlafzimmer auf, legte Vorlesebücher hin. Ich fragte mich, ob wir ewig so weitermachen könnten, indem wir uns ein Leben lang nie mehr richtig ins Gesicht sähen.

~

Manchmal bezweifele ich, dass jemand wissen kann, wie es ist, bevor es tatsächlich passiert. Hierin und auch in anderer Hinsicht sind Ehe und Mutterschaft wie der Tod: Niemand kommt unverändert zurück.

Selbst jetzt fällt es mir schwer, diese Frau (mich), diese Jungen (meine Söhne) mit klarem Blick zu sehen. Meine Sicht bleibt gefärbt, getränkt von dem Blut, das wir teilten, ihrer Reise durch meinen lichtlosen Körper.

~

9

Nach dem Abendessen, die Kinder spielten auf dem Fußboden, setzte Jake sich neben mich. Ich glaube bis heute, dass er vorschlagen wollte, wir sollten uns, wenn die Kinder im Bett wären, eine Fernsehserie oder einen Film anschauen, wie fast jeden Abend, seit ich mit Paddy schwanger gewesen war. Ich habe mich oft gefragt, was passiert wäre, wenn wir das getan hätten. Ich kann diese imaginierte Alternative – die in einer anderen Dimension sicher existiert – fast so deutlich sehen wie das, was wirklich geschah.

Ich hätte die Füße auf Jakes Schoß gelegt, ein wahrer Akt der Vergebung. Er hätte mir die Fernbedienung überlassen – das erste von vielen kleinen Zugeständnissen über viele Monate –, wir hätten uns dem Lagerfeuer des Bildschirms zugewandt, uns von ihm die Absolution erteilen lassen, ein Lebewesen, eine immerwährende Möglichkeit. An einem Abend – nicht an diesem, aber an einem nicht allzu fernen Abend – hätte er mir die Hand auf die Füße gelegt, die erste Berührung, und wir hätten wieder anfangen können.

Aber sobald die Jungs schliefen, ging ich ins Bett. Ich absolvierte mein Gesichtspflege-Ritual, die erwachsene Variante des kindlichen Abendgebets, massierte mein Gesicht in präzisen Kreisen, die eigene Berührung zart auf den Wangen. Bevor ich das Licht ausmachte, cremte ich mir die Hände ein, ein teures Produkt aus rein pflanzlichen Inhaltsstoffen, dessen Zusammensetzung die Illusion von Ruhe erzeugen sollte, die Vorstellung des Wunsches nach Schlaf. *Das könnte ein normaler Abend sein*, sagte ich mir. *Ich habe gemacht, was ich immer mache. Ich halte mich an die üblichen Abläufe.*

Ich war dem Schlaf nicht einmal nah, als ich seine Schritte hörte; ich kreiste unentwegt in einer Gedankenschleife, stürzte über die Klippen eines bestimmten Gefühls. Ich bemühte mich, daran festzuhalten, Schlaf vorzutäuschen, so regelmäßig und langsam zu atmen wie möglich. Aber er setzte sich auf die Bettkante, die Matratze neigte sich unter der Last seines Körpers leicht zur Seite.

Es war offenbar an mir, die Nachttischlampe anzumachen, aber ich ließ es sein. In diesem Moment kam mir jede Bewegung wie eine Kapitulation vor, ein Einverständnis, dass er da sein durfte.

Was willst du?

Es war ein Flüstern, was ich nicht beabsichtigt hatte, das fehlende Licht dämpfte meine Stimme, daher klang es mehr wie eine Frage denn wie ein Vorwurf, ein sanfter Laut zwischen uns.

Seine Silhouette veränderte sich im Dunkeln, Felsbrocken, die sich mit geologischer Langsamkeit bewegten. Er hielt die Hand an die Stirn, dachte ich, soweit ich das aus meinem Blickwinkel sehen konnte. Das Bild war unscharf, er hätte die Hand ebenso gut irgendwo anders haben können.

Ich zog gerade den Arm unter dem Kissen hervor und verlagerte mein Gewicht auf die Seite, als sich seine Silhouette veränderte, viel näher kam, die Hand griff nach dem Lampenkabel. Gleichzeitig streckte auch ich die Hand aus, um ihn daran zu hindern. Einer meiner Fingernägel blieb an der Innenseite seines Unterarms hängen, der Nagel hatte offenbar eine winzige, raue Ecke, nicht größer als eine Nadelspitze.

Verdammt! Was war denn – Mach das Licht an –

Ich tastete danach, ein leiser Klick, endlich fiel Licht auf uns, Jake mit gebeugtem Kopf, er untersuchte den Arm, die Augen schmal.

Ich neigte mich ihm instinktiv zu, so wie ich mich auch den Kindern zuneigte, wenn sie sich verletzt hatten, um zu trösten, den lindernden Balsam der Mütterlichkeit zu verabreichen. Der Kratzer war nur oberflächlich, kaum gerötet, aber fraglos da. Ich bewegte mich, um den Kratzer zu berühren, und Jake schreckte auf, als erwache er aus einem kurzen, tiefen Schlaf.

Seine Stimme klang verletzt, weinerlich wie die eines kleinen Jungen.

Warum hast du das gemacht?

Es war keine Absicht, Jake. Ich habe nichts gesehen.

Das Sprechen wurde wieder schwierig, merkte ich. Etwas in meiner Kehle verhinderte es, rutschte hoch wie ein Adamsapfel, blockierte die Passage. Ich wollte etwas von ihm und dachte zugleich, dass ich, falls er es wirklich sagen sollte, kotzen würde, hier und jetzt, auf dem Bett. Ich stellte mir vor, dass dabei auch dieser Fremdkörper herauskäme. Die Sprachbremse. Ich würde nicht aufhören können zu schreien.

Ich wollte mit dir reden, sagte Jake jetzt. Er sagte etwas anderes.

Es tut mir leid, Luce. Ich weiß nicht, was ich sonst sagen kann. Ich hätte es nicht tun sollen. Ich schwöre dir, es war nur Sex. Völlig idiotisch.

Ich merkte, dass ich meine Hände hob, an meinem Hals vorbeiführte, dass ich sie an meinen Kopf legte. Ich spürte die Geschmeidigkeit meiner Haare, strich sie zur Seite. Ich presste meine Finger an die Ohren. Warf mich hin und her, spürte die Last meines Schädels, den ich Tag für Tag herumtrug.

Nein, nein nein, nein, schien ich zu sagen. Jetzt war ich das Kind, den Körper im Nachthemd zusammengerollt und weich, die Fußsohlen nach oben gedreht, feucht unter der warmen Bettdecke. Ich presste die Zähne aufeinander. Ein Wutanfall.

Halt den Mund. Raus. Einzelne Silben waren alles, was noch durchkam, verstümmelt, unfertig.

Ich will dir nur helfen, sagte er, irgendwo im Zimmer. Er hatte das Bett verlassen. Ich konnte ihn, groß und erdrückend, am Bücherregal erahnen, vielleicht am Frisiertisch. Ein Volumen in Bewegung, ein Geist.

Mir helfen? Mir helfen?

Das Gefühl – ein zunehmendes Prickeln, ein Stechen, als würde ich ausgeweidet – war nahezu überwältigend. Aber ich steckte noch drin, es hatte noch nicht Besitz von mir ergriffen. Noch nicht vollständig. Ich hörte ihn, wie er ausatmete, zur Tür ging. Ich dachte an einen Surfer auf der weltgrößten Welle, der trotz einer Wasserwand aufrecht stehen bleibt. So könnte ich sein, ganz bestimmt. *Sich nicht mitreißen lassen.*

Aber als er ging, spürte ich, wie es durch jeden Teil meines Körpers rauschte. Ich warf mich gegen die geschlossene Tür, als sei sie seine Brust, schlug gegen das Holz, bis mir die Hände wehtaten. Ich rechnete damit, dass Jake wieder nach oben kommen würde, hörte aber nichts. Ich rechnete damit, dass ich auf dem Fußboden ohnmächtig werden würde, aber irgendwann muss ich ins Bett zurückgekrochen und eingeschlafen sein.

~

Als Kind holte ich das Buch manchmal nur hervor, um die Harpyien zu betrachten, mit dem Finger nachzuzeichnen, wie ihnen Flügel aus dem Rücken wuchsen, wie selbstverständlich wirkende Fortsätze ihrer Schultern, die sich in die Luft erhoben.

Ich wollte wissen, warum ihre Gesichter so waren: eingefallen, hasszerfressen. Ich wollte meiner Mutter mehr Fragen stellen, aber die Wörter vertrockneten mir im Mund, wurden mir sauer unter meiner Zunge, blieben ungesagt.

~

10

Das restliche Wochenende versank im Nebel der üblichen Aktivitäten. Es war erstaunlich einfach, kaum mit Jake zu sprechen, von Berührungen ganz zu schweigen. Der Sonntag verging langsam, jede Minute war dicht und anstrengend, abends waren die Kinder schlecht gelaunt und unruhig. Aber am Montag hatte sich etwas verändert. Unsere Bewegungen schienen schneller, als habe jemand das Tempo des Playbacks unseres Lebens höher gedreht, in eine andere Sphäre, Realität im Schnellvorlauf.

Die Erinnerung an den Samstagabend war noch sehr präsent, sie schlug mir auf den Magen, und als ich Kaffee in eine Glaskanne löffelte, mischte sich ihr Geschmack in das Kaffeemehl. Ich goss heißes Wasser aus dem Kessel auf, hatte wieder den Blick vor Augen, mit dem Jake mich betrachtet hatte, nur eine Sekunde lang, als sähe er mich zum ersten Mal. In dieser Sekunde waren wir wieder Fremde gewesen. Wir hatten nicht Tausende Male, immer wieder, nebeneinander geschlafen. Er hatte nicht gesehen, wie ich seine Kinder gebar.

Der Jake vom Samstag schien ein völlig anderer Mann gewesen zu sein als der, der jetzt in der Montagssonne saß, das Haar lichtdurchflutet, auf einer Seite platt gedrückt vom Sofabett. Er schnitt Grimassen mit den Jungs, bekam Ted dazu, drei Löffel Cornflakes mehr zu essen. Paddy fand ihn urkomisch, jauchzte, zappelte in seinem Stuhl vor und zurück, bis Jake wieder ernst wurde und ihm sagte, er solle aufhören, so herumzuzappeln, und sich gerade hinsetzen.

Die Art, wie Jake den Kindern vormachen konnte, alles sei normal, war mir schon immer wie ein Wunder vorgekommen. Meinen Eltern gelang das nie; ihre Streitigkeiten fanden in aller Öffentlichkeit statt, als hätten sie noch nie gehört, dass das Kindern schaden könne. Eine Zeit lang fragte ich mich, ob sie vielleicht liberalen Erziehungsprinzipien anhingen, wonach man Kinder allem aussetzen müsse, weil dies ihren Charakter oder ihre Seele stärkte. Später begriff ich, dass es weder einen Plan noch eine Theorie gab: So waren sie einfach.

Es gab einige Ähnlichkeiten zwischen damals und heute, ein Hauch von Vergangenheit lag in der Luft. Ich erinnerte mich, wie energiegeladen meine Eltern oft nach einem Streit gewesen waren. Dass unser Haus sich auf einer eigenen Umlaufbahn zu befinden schien, schneller voranzukommen schien als der übrige Planet, und ich mich fragte, wie wir alle überhaupt noch fest am Boden haften konnten.

Ich hatte immer den Verdacht gehegt, dass sie die Auseinandersetzungen, kaum hatten sie sich wieder versöhnt, völlig aus der Erinnerung löschten, sie lösten sich auf, als habe es sie nie gegeben. Aber zu mir kehrten ihre Streitigkeiten dauernd zurück, unter dem Türspalt hindurch, durch das Papier der Bücher, die ich las, ein entkräftender Geruch. Ihren Aggressionen direkt ausgesetzt zu sein, war eine Sache, es *nicht* zu sein, war noch schlimmer: bei Geräuschen zusammenzuzucken, ständig seltsame Ängste zu haben, vor Karussellfahrten, lauten Bauarbeiten, Hunden.

Bei uns gab es heute keine normale Verabschiedung, keinen Abschiedskuss. Das schaffte nicht einmal der Normalitätsexperte Jake. Stattdessen winkte er und drehte sich dabei weg, ohne Blickkontakt aufzunehmen. In der Haustür stehend, sah ich ihn mit den Jungs losziehen, in der Hand hielt er die Schulranzen, die sie nicht tragen wollten, seine Stimme lotste sie über die Straße. Er trug einen dicken Mantel, eine Strickmütze. Unter dem Mantel einen guten Pullover, den seine Mutter ihm geschenkt hatte. Darunter ein Baumwollhemd, cremefarben mit blauen Streifen. Darunter war, wie ich wusste, der Kratzer, jetzt noch blasser, pfirsichfarben, die Haut schloss sich schon wieder, heilte.

Jake hätte die richtigen Begriffe für diese Heilung gekannt, er konnte das korrekt benennen. Er dachte wissenschaftlich, war von Beruf Biologe; er forschte über Bienen, brachte winzige Fragmente seiner Arbeit mit nach Hause, handlich aufbereitete Fakten, Informationen, die ich verstehen konnte. Der Name *Bienenkönigin*, erzählte er mir einmal, sei irreführend. Sie kontrolliere den Stock nicht, ihre einzige Funktion sei die Reproduktion. Darüber habe sie allerdings fast vollkommene Kontrolle.

~

In der Schule fragten die Lehrer, warum ich sie immer zeichnete: die Frau mit den Flügeln, die Haare lang, der Bauch aufgebläht. Ist sie ein Vogel?, *fragten sie mich.* Ist sie eine Hexe? *Ich schüttelte den Kopf, wollte ihnen nichts erzählen.*

Meinen Freundinnen erzählte ich nie von ihr, erwähnte sie nie beim Spielen. Ich hielt sie in mir verschlossen, an den Rändern meines Blickfelds, mal zu sehen, mal nicht.

~

11

Als sie fort waren, spürte ich, wie meine Aufmerksamkeit nachließ, wie meine Zerstreutheit in den Radius leerer Räume geriet. Hier in diesem Haus hatte ich angefangen, *von zu Hause* zu arbeiten, hatte meine ganze Existenz in diese gemieteten Räume verlegt. Ich hatte fast mein ganzes Leben in dieser Stadt verbracht – sie nur zum Studium in ihrer ähnlich privilegierten Zwillingsstadt verlassen – und es nie geschafft, ein Stück von ihr zu besitzen. Aber hierhin, in dieses Haus, gehörte ich, wenn auch nur für eine *befristete Zeit*. Aber war das Leben nicht sowieso vorübergehend, fragte ich mich, war nicht *Dauer* eine Illusion? Trotzdem hegte ich diesen Wunsch, nach einer Schimäre von Sicherheit, dem Anschein, dass vier Wände dein Leben einfassen, dich auf der Erde festhalten können.

In unserer Anfangszeit waren wir zu unbekümmert gewesen, um ein Haus besitzen zu wollen, oder zu arm oder zu ängstlich – je nachdem, welche Geschichte wir erzählten –, und dann war es nicht mehr möglich. Jakes Karriere ging schleppend voran, die meine war rückläufig, unterdessen stiegen die Preise in unserer Gegend weiter, schnell, lautlos, wie Schimmel in einem vergessenen Marmeladenglas. Jetzt konnten hier nur noch Banker, Wirtschaftsanwälte und leitende Angestellte multinationaler Arzneimittelfirmen Häuser kaufen, Menschen, deren Werte offenbar im Widerspruch zu ihrer Ästhetik standen, den Edwardianischen Glasfenstern, den Holzregalen mit Büchern aus ihren Studientagen.

In diesen Häusern blieben die meisten Frauen zu Hause; ihre Ehemänner waren so beschäftigt, dass sie eine Haushälterin haben wollten, ein Kindermädchen, jemanden, der immer verfügbar war. Die Frau – die Gattin – konnte all das sein, sie konnte weiterhin *aktiv mitmischen*, sich im Schulelternbeirat engagieren.

Ich weiß auch nicht, warum ich dachte, dass es bei mir anders ablaufen würde; ich war ohne Zweifel genauso wie sie, nur mit weniger Geld. Heute, wie an jedem normalen Werktag, schrieb ich einen *Gebrauchstext*, ein Handbuch für eine industrielle Klebemaschine. Als Teenager wollte ich Schriftstellerin werden, träumte davon, etwas Bedeutungsvolleres zu schreiben als den Satz, dem ich heute den Feinschliff verpasst hatte: *Um Unfällen vorzubeugen, achten Sie darauf, dass die verlegten Kabel kein Stolperrisiko darstellen.* Aber vielleicht hätte ich nie etwas auch nur annähernd so Nützliches schreiben können, etwas, das Todesfälle verhinderte.

Bevor die Kinder kamen, hatte ich eine Stelle bei einem Universitätsverlag gehabt, das war noch in Reichweite des intellektuellen Lebens, der Doktorarbeit, die ich aufgegeben hatte. Ich hatte mich durch Seiten mit dichter, knapper Prosa gewühlt, Fehler aufgespürt, den Text perfektioniert. Ich blieb auch noch nach Paddys Geburt, entschuldigte mich unterwürfig für jede seiner Krankheiten, jeden erzwungenen Tag zu Hause. Die männlichen Kollegen machten Überstunden, zogen das Tempo an, ihr Schweißgeruch hing in dem kleinen Büro. Hier war irgendwo noch Ehrgeiz vorhanden. Aber dann fing ich als Freiberuflerin an – nach Teds Geburt, um *mehr Zeit für die Kinder* zu haben –, seither engagierte mich jeder, der mich gerade brauchte; Prospekte für Hotels, Broschüren für Privatschulen, Weiterbildungsmaterial für Unternehmen. Ich sagte mir, dass ich die Welt sehe, die Welt schreibe. Vielleicht stimmte das.

Aber heute konnte ich mich nicht konzentrieren. Ich ging grundlos erst in dieses, dann in jenes Zimmer, sah aus dem Fenster, hielt Ausschau nach etwas, das ich betrachten könnte. Ich beobachtete eine Mutter, die mit ihren Kindern die Fahrbahn überquerte, die Straße, die Häuser, die breiten Gesichter und fröhlichen Kleider ihrer Kinder hatten ihr alle Farbe aus dem Gesicht geraubt. Beim Überqueren der Straße ging sie voran, schob ihren Körper vor die der Kinder, so würde er als Erstes getroffen werden.

In der Küche machte ich mir Tee, versuchte, ihn zu trinken, als er noch zu heiß war, und verbrannte mir den Rachen. Ich musste dauernd an Vanessa denken, ihre raschen Blicke, ihre Selbstbeherrschung, die Art, wie sie Jake angelächelt hatte. Lange hatte ich gedacht: *Wie einen Sohn*. Mir drehte sich der Magen um. Ich schloss die Augen, versuchte, langsamer zu atmen, konnte aber nur Jakes Silhouette in der Dunkelheit sehen, die Hast, mit der ich mich auf ihn zubewegt hatte, den gespenstischen Umriss seines Kratzers; wie ein aufgemalter Mund, der zu sprechen versucht.

12

Jake kam spät an jenem Abend, ich wusste, dass es nicht an den Zügen lag. Ich hatte im Netz nachgesehen, als die Jungs im Bad waren, hockte auf der Treppe zum Dachgeschoss, das Leuchten meines Handys im Zwielicht war ein kühler Trost. Mein Daumen scrollte über die Ankunftszeiten, neben jedem Kästchen war ein grüner Haken, alle pünktlich. Das waren nur Fakten, ermahnte ich mich, Informationen, das war nicht persönlich gemeint.

Keine Nachricht. Nichts von ihm, die erwartungsvolle Leere meines Telefons erinnerte mich an Abende – früher –, als ich auf eine Antwort von ihm gewartet hatte. Die ersten Tage des Handys, die elegante, umständliche Benachrichtigung: *1 neue Nachricht*. Manchmal ließ ich mein Telefon in meinem Zimmer liegen und badete zwei oder drei Stunden lang, um den Moment aufzuschieben, bis ich zum Display zurückkehren musste. *Als Jake und ich uns kennenlernten, waren wir praktisch noch Kinder*, erzählte ich den Leuten immer. Wir waren zwanzig, Idealisten, Babys, die die Welt retten wollten. Wir wussten nicht, was wir taten.

Ich holte die Jungs aus der Badewanne, schwang dabei jeden hoch in die Luft, rubbelte ihre Haare, tat so, als sei ich eine Maschine – *die Trockenmaschine!* –, pustete ihnen in den Nacken. Sie machten mit, lachten, ließen den Kopf nach hinten fallen, ließen mich pusten. Ted schmiegte sich danach in meine Achselhöhle und räkelte sich vor Behagen. Aber als Paddy sich die Zähne putzte, sah ich, dass er mich beobachtete, die Augen niedergeschlagen, etwas wie Misstrauen machte sie schmal, sein Mund voller Zahncremeschaum. Er beobachtete mich, als ich den Stöpsel aufdrehte, die Bademappe nahm und kräftig ausschüttelte, mit einer Hand schmutzige Socken vom Boden auflas und mit der anderen Ted die Zahnbürste wieder in den Mund steckte.

Alles okay, Mami?

Ihretwegen versuchte ich, mich zu beruhigen. Es gab sicher viele Erklärungen für seine Verspätung; Unfall, Krankheit, technische Ausfälle. Terrorangriffe. Oder Jake war mit Kollegen einen trinken gegangen. Das machte er hin und wieder. Ich bemerkte, wie sich am Rande meines Denkens meine eigene Blindheit zu einer Welle formierte, noch flach, so wie ein Tsunami aus der Ferne wirkt, der dann alles zu verschlingen droht.

Wieso, fragte ich mich, hatte ich ihm so oft geglaubt, ja, seinen Entschuldigungen kaum zugehört? Ich weiß, dass ich oft erleichtert war, wenn er nicht nach Hause kam. Wenn die Körper der Kinder den ganzen Tag lang in mich eingesickert waren, wollte ich nur noch meine Ruhe, Badewasser, meine eigene Haut. Ich habe immer viel Zeit für mich gebraucht; so gesehen könnte man sagen, dass ich von Anfang an für die Ehe ungeeignet gewesen war. Aber wir waren glücklich, lange glücklich, das weiß ich. Es gab Fotos vom Tag unserer Verlobung, wie wir auf einem Berggipfel standen. Unsere Gesichter wirkten so jung, dass sie mit dem Himmel zu verschmelzen schienen. Wir blinzelten, lösten uns auf, unser breites Grinsen wurde von der Sonne fast ausradiert.

Sobald Ted schlief, umfasste ich das gepolsterte Bettgitter und schwang die Beine über seinen schweren Körper. Ich ging ins Bad, stellte mich vor den Wandspiegel. Ich konnte mich kaum sehen; zog die Rollos zu, machte Licht an. Mein Kleid war in den Achseln feucht und hatte Ölspritzer vom Abendessen, das ich zubereitet hatte. Auf einer Wange war verschmierte Wimperntusche. Ich musste mich der Frage stellen: Wie fiel der Vergleich aus? Ich wusste, wie sie aussah, das war nicht die Frage. Ich wusste sogar, wie sie roch; jetzt begriff ich, dass ich sie einige Male an Jake gerochen hatte. Duschgel, Weichspüler. Und etwas anderes, etwas tief aus ihrem Inneren.

Vanessa. Ich umklammerte das Waschbecken, kotzte in den Abfluss. Wie widerwärtig Abflüsse sind, wenn man genau hinschaut. Wie Schleim, wie etwas Grünes, das versuchte, einen anzufassen. Ich wusste, dass das nie verschwinden würde, egal, wie viele Chemikalien ich auch hineinschüttete.

Nur Sex.

Ich würgte wieder, spuckte ins Becken, wischte mir den Mund ab. In diesem Moment konnte ich sie mir – *Jake und Vanessa, Vanessa und Jake* – nur in äußerst pornografischen Szenerien vorstellen. Es war mir nahezu unmöglich, ihre Gesichter zu sehen. Ich sah, wenn ich mich sehr bemühte, nur eine überdeutliche Nahaufnahme ihrer Sexualorgane, eines im anderen, ein elementarer Vorgang, die allereinfachste Handlung. Etwas war mit meinem Vorstellungsvermögen passiert, es war nicht jugendfrei, zu einem Ausflug in die entlegensten Winkel des Internets geworden, an Orte, wo Porno-Spots wie Origami-Papier gestapelt sind, hundert Ränder rahmen die Stelle, wo ein Penis in einen Frauenmund drang und wieder herausgezogen wurde, wieder und wieder, in alle Ewigkeit.

Um zehn war er noch nicht zurück. Ich hatte inzwischen eine halbe Flasche Wein getrunken, ein starker Roter, je mehr ich trank, desto bitterer schmeckte er. Ich hatte das fleckige Kleid ausgezogen und ganz hinten im Schrank etwas Schwarzes, Glänzendes gefunden, riss Stoffe bündelweise von den Bügeln, warf T-Shirts und Röcke auf den Boden. Kino-Logik wäre gewesen, Jakes Schrank auszuräumen, nicht meinen. Aber das hatte keinen Reiz. Ich wollte seine Sachen nicht anfassen. Ich wollte sie nicht noch einmal riechen.

Die Kopfnote – der parfümierte, industrielle Anteil, Shampoo, vielleicht, oder Deodorant – hatte etwas Erdiges, vielleicht ein Männerparfüm oder Unisex. Etwas, das an Whiskey und Zigarren und dampfende Vulkanwasserbecken denken ließ, in die man nach dem Holzhacken eintauchte. Guter Männerschweiß auf kariertem Hemd, eingerieben mit würzig duftendem Laub. Ein Campingurlaub, ohne Kinder. Ich konnte sie in diesem Urlaub sehen, mich nicht. Ich konnte sie vor mir sehen, wie sie am Zelteingang saß, mit der eleganten Ausgabe eines Romanklassikers, die Beine an den Knöcheln gekreuzt. Sie warf die Haare zurück, lachte, als Jake etwas sagte. Unter ihrem Rock, unter den Leggings, war sie so eng wie am Tag ihrer Geburt. Ich sah, wie Jake ihr ins Ohr flüsterte, ihr sagte, wie süß sie sei, wie gut sie schmecke, wie viel besser als ich ...

Ich musste mich bewegen, um nicht mehr zu denken, musste etwas tun. Ich ließ eine Maschine Wäsche laufen, obwohl ich sie nirgends aufhängen konnte, obwohl das Haus schon voller Wäsche war, überall ihre klamme Feuchtigkeit, in den größeren Zimmern war es nicht warm genug, selbst wenn die Heizung lief. *Ich sollte den Kamin anmachen*, dachte ich, wusste aber nicht, wie. Das hatte immer Jake gemacht. Stattdessen kehrte ich, ging rasch durch die Räume in meinem kurzen, schwarzen Kleid mit der Strass-Verzierung zwischen den Brüsten. Früher hatte ich es bei offiziellen Empfängen an Jakes ehemaligem College getragen, ein Cocktailkleid, *sehr schmeichelnd, hüftumspielend*. Weil sich etwas an meiner Figur verschoben hatte, wegen des Messers des Chirurgen, wegen des Anfängers, der den Kaiserschnitt noch lernen musste, rutschte das Kleid jetzt zu hoch. Die Brüste quollen aus dem tiefen Ausschnitt, mein Schalen-BH war zu sehen. Wenn ich meinen Kopf neigte, könnte ich ihn in meinem eigenen Fleisch begraben. Ich überlegte kurz, ob ich mich selbst ersticken könnte, wenn ich lange genug den Kopf nach unten presste, mich wirklich anstrengte.

Ich fegte lange, dann ging ich auf die Knie und schrubbte die fleckigen Stellen. Der Küchenfußboden war der am meisten vernachlässigte Teil unseres Hauses, das Aufwischen fiel oft der Geschäftigkeit unseres Lebens zum Opfer, das jetzt, da ich aus dieser Perspektive darauf schaute – auf dem Boden, geschrumpft, die Küche um mich herum riesenhaft –, gar nicht so geschäftig war. Es gab jede Menge Zeit, jede Menge Zeit für Jack, mich zu ficken und sie zu ficken, monatelang. In der letzten Zeit war unser Sex großartig gewesen, danach waren wir beide erschöpft, verstummt, sahen an die Decke. Er war von ihr gekommen, natürlich war er –

Erneutes Würgen, ein dünner Speichelfaden zog sich bis auf den Küchenboden. Ich richtete mich auf, lehnte mich an die Schränke. Darin waren unsere Tupperware-Dosen verstaut, Dutzende Plastikboxen ohne Deckel, falsche Deckel, gestapeltes Durcheinander. Ich hatte sie immer sortieren wollen; hatte es aber nie getan. Das Haus und ich waren vor langer Zeit übereingekommen, Derartiges zu ignorieren: Inseln der Unordnung, verborgene kleine Stellen, wo das Chaos durchbrach.

Ich griff nach dem Wein, verzog das Gesicht, als ich ihn hinunterstürzte. Ich hatte seit Stunden so gut wie nichts gegessen, kalte Fischstäbchen von Teds Teller, eines so zugerichtet, dass ich vermutete, er könnte es vor mir im Mund gehabt haben.

Weit entfernt, nebenan, ging eine Tür auf, langsamer, zögerlicher als sonst. Ich wäre fast aufgestanden. Hätte mir fast die Haare gekämmt, das Gesicht gewaschen, Kaugummi gekaut. Ich hätte nach oben laufen, das Kleid ausziehen, etwas Vernünftiges tragen können. Aber ich tat nichts dergleichen. Ich blieb auf dem Fußboden.

13

Ich hielt das Glas umklammert, fragte mich, wie viel Druck wohl nötig wäre, um es zu zerbrechen. Ich stellte mir vor, wie sich das Blut mit dem Wein vermischte, der im Vergleich plötzlich dünn wirken würde, ein wässriges Hellrot neben dem Dickflüssigen aus den Schnittwunden. Ich hatte das schon einmal gesehen, dachte ich – ich sah es so detailliert vor mir –, wusste aber nicht mehr, wann.

Lucy?

Jake klang nüchtern, erwachsen. Ich hörte, wie seine Lederschuhe mit den dicken Sohlen auf mich zukamen. Beinahe hätte ich gelacht. War ich wirklich mit diesem Mann verheiratet, der jetzt zu mir zurückkam und meinen Namen rief? Es war doch wohl wahrscheinlicher, dass wir nur so getan hatten, als ob, schon immer.

Er stand in der Tür, die Hand irgendwo am Gesicht. Ein Moment Stille.

Lucy? Luce? Alles in Ordnung?

Er schaute von weit oben herab, mit zusammengekniffenen Augen, als sei ich eine auf der Straße zusammengebrochene Fremde, eine Obdachlose, die von einem Mann im Anzug gerettet werden musste.

Wo warst du? Ich sagte es zum Fußboden, fragte wie

Jake nach etwas, auf das ich die Antwort schon kannte, wollte nur die Worte aus meinem Mund hören, ein Geräusch machen. Vielleicht, dachte ich, können wir ewig so weitermachen, unsere Beziehung wäre eine Aneinanderreihung von Nicht-Kommunikation, bis ans Ende aller Tage. *Unterwegs*, hätte er, gleichsam beiläufig, sagen können. Oder, *Wie geht's den Jungs?* Das tat er aber nicht.

Ich war bei Vanessa. Wir – wir haben nur geredet, Lucy. Ich habe ihr gesagt, dass es aus ist. Jetzt ist es aus.

Elf Uhr. *Nur geredet?* Dafür hatte das zu lange gedauert. Die Zeit reichte für Sex, mindestens das, aber, und das war schlimmer – viel schlimmer –, es gab auch unendlich viel Zeit für Zärtlichkeiten, Umarmungen, behutsam formulierte Abschiede. Plötzlich verloren die Pornobilder ihre Bedeutung, an ihre Stelle trat *Romanze*, Innigkeit, leise Seufzer an einem Hals, einem Ohr.

Unser Haus war klein; nur drei Schritte zwischen ihm und mir, nur wenige Sekunden, um mich aufzurappeln und auf ihn loszustürzen, wie ich meine Mutter so oft auf meinen Vater hatte zustürzen sehen, meine geballten Fäuste gegen seine Schultern, die Augen fast geschlossen, nur ein undeutliches Dunkel, jemand schreit, jemand anderes brüllt.

Scheiße, Jake. Du Scheißkerl!

Ich hörte die Worte, wusste aber nicht, woher sie kamen. Spürte nur ein Durcheinander aus Stoff, erhobenen Gliedmaßen, die aneinanderstießen, ein Zusammenprall, ein völliger Umsturz von einst Vertrautem. Jake packte meine Handgelenke, zischte –

Hör auf. Verdammt noch mal, reiß dich zusammen. Beruhige dich. Herrgott.

Ich starrte ihm ins Gesicht, hoffte zu sehen, was ich suchte: Schuld, Scham, die erbärmliche Musik einer von seinen Verfehlungen belasteten Zukunft, ewige Reue. Ich atmete schwer, musterte ihn, sagte nichts. Ich habe mich oft gefragt, wie viele Male man ein Gesicht ansehen muss, bis es einem wirklich vertraut ist; Jakes Gesicht entzog sich mir immer noch, es hatte immer noch unbekannte Aspekte, vergessene Winkel, Zentimeter, die sich nicht fassen ließen. Ich sah ihn immer noch nicht, nicht im eigentlichen Sinne.

Er senkte den Blick.

Es tut mir leid. Ich habe gesagt, dass es mir leidtut. Ich habe es gemacht. Ich habe ihr gesagt …

Er hielt immer noch meine Hände; ich spürte die Wärme seiner Handflächen an meinen Handgelenken, an ihrer geäderten Innenseite, der Arm war an die Hand gefügt, so wie er Wörter aneinanderfügte, ihren Namen in den Mund nahm, an seine Zähne, seinen Mund, der auf ihren gepresst gewesen war, seine Zunge …

Ich verzog das Gesicht zu einer Grimasse, die, ich wusste es, abstoßend aussah, die Augenbrauen zu den Wangen herabgezogen, der Mund offen, schlaff. Ich ließ Wörter hinaus.

Das ist widerwärtig. Du widerst mich an.

Es tut mir leid. Wirklich. Es tut mir so leid.

Jetzt wimmerte er fast, eine Art geronnener Laut. Ich spürte, wie sich in meinem Mund Spucke sammelte, sie kribbelte, stieg hoch, die Übelkeit kehrte zurück. Ich dachte daran, ihm ins Gesicht zu spucken. Jake atmete schnell, die Augen wirkten getrübt. *Vielleicht*, dachte ich, *will er, dass ich genau das tue.* Er will sich ins Gesicht fassen und mich von seiner Wange, seinen Brillengläsern wischen. Er will im Recht sein, wenn auch nur für eine Sekunde. Ich spitzte schon den Mund, da ließ er meine Handgelenke los und wandte den Kopf, weil er etwas gehört hatte.

Ich werde nie genau erfahren, wie lange Paddy – in seinem Raumschiff-Schlafanzug, den alten Stoffhund im Arm – auf der Treppe gestanden und uns gehört, vielleicht sogar zugesehen hatte, zugesehen, wie sein Vater seine Mutter an den Handgelenken festgehalten hatte. Ich weiß nur, was wir getan haben, sobald wir es merkten, wie wir schlagartig wieder seine Eltern wurden, Schauspieler, die aus ihren Rollen fallen, als gäbe es einen Feueralarm, als wäre jemand im Zuschauerraum kollabiert. Ich fühlte mich sofort nüchtern, das Kleid zu eng, die Weinsäure pelzig auf den Zähnen.

Warum riechst du denn so komisch?, fragte Paddy, als wir ihn wieder ins Bett steckten.

Warum hast du das an? Er strich mit den Fingern über die Strass-Verzierung, streichelte das weiche Schwarz in deren Mitte, seine Augenlider waren schwer, flatterten. Er war kaum wach. Vielleicht würde er am nächsten Morgen glauben, er habe alles nur geträumt.

Jake war vor mir aus dem Zimmer gegangen, als ertrage er den Anblick nicht, er hatte Paddy rasch auf den Kopf geküsst und von der Tür aus *Gute Nacht, träum was Schönes* gerufen. Als ich nach unten kam, saß er am Küchentisch. Er trank Whiskey aus einem schweren Glas, die obersten Knöpfe seines zerknitterten Bürohemds standen offen.

Vielleicht, dachte ich, haben sich meine Mutter und mein Vater nach einer ihrer Auseinandersetzungen *genauso* gefühlt. Wir konnten nichts tun, um es wieder zurückzunehmen. Nichts in der Geschichte der Menschheit deutete darauf hin, dass man Geschehenes ungeschehen, wieder aus dem Gedächtnis, aus dem Denken löschen konnte. Ich habe einmal von einem Medikament gehört, das dem Empfänger nach einer Verletzung oder einem traumatischen Erlebnis das Vergessen ermöglicht. Aber es fände sich sicher kein Arzt, der Paddy so etwas gäbe, weil er gesehen hatte, was immer er gesehen haben mochte.

Ich setzte mich neben Jake, versuchte vergeblich, mein Kleid über Brust, Bauch und Beine straff zu ziehen. Ich nahm mein Glas von der Arbeitsplatte, roch daran, verzog das Gesicht.

Dieser Wein steht seit mindestens zwei Monaten offen, sagte er.

Da war etwas in seinen Augen, erst dachte ich: Amüsement. Sein Mund war fest geschlossen, es war schwer zu sagen. Zum ersten Mal seit Jahren wusste ich überhaupt nicht, was er fühlte. Ich konnte mir keinen einzigen seiner Gedanken vorstellen. Nur seine Handlungen waren eindeutig, wie er sich mit seiner riesigen Hand über das Gesicht strich, wie er das Glas hob, sich die Augen rieb. Die andere Hand lag auf dem Tisch, entspannt, die Innenfläche nach oben.

Ohne viel nachzudenken, schob ich meine Hand über den Tisch, bis sie erst neben, dann flach auf Jakes Hand lag. Mit der linken Hand bedeckte er immer noch die Augen, die geschlossenen Finger leicht gekrümmt. Ich sah, wie er atmete, das Hemd hob und senkte sich. Wir hielten uns an den Händen. Anfangs war es ein fester Druck, wie wenn man jemandem im Kino oder in einem bewegenden Moment auf einer Hochzeit versichern will, dass man noch an ihn denkt. Aber als ich Jakes Hand noch fester drückte, drückte er nicht zurück. Vielleicht tat ich es deswegen.

Ich drückte fester und fester, ich wusste, dass sich meine Nägel in seine Haut eingruben. Jake nahm die Hand von den Augen; er blickte auf unsere Hände, die so verschränkt auf dem Tisch lagen, die unterschiedlichen Hauttöne nicht mehr klar voneinander getrennt. Er atmete scharf ein, einmal. Er sah weiter hin, zog aber seine Hand nicht weg.

Er sprach erst, als ich, mit erhitztem Gesicht und etwas atemlos, aufhörte.

Das also willst du, Lucy. Mir wehtun.

Er zog die Unterlippe zwischen die Zähne, seine Augen waren hell, feucht, aber es klang nicht wie eine Anklage. Es klang wie eine Feststellung, wie einer seiner wissenschaftlichen Befunde, eine schlichte, faktenbasierte Beobachtung.

Bin ich eine gute Frau? Eine, wie es in der Bibel heißt, die edler ist denn die köstlichsten Perlen? Ich weiß, dass ich das nicht bin.

Aber ich weiß auch noch anderes: Wie einfach der Sprung aus dem eigenen Leben ist: einfach wie deine ersten Schritte, deine erste Periode, das erste Mal, wenn du einen Mann in dich reinkommen lässt und spürst, wie dein Körper ihn umfasst, ihn festhält.

~

14

Nach dem Aufwachen war ein paar Sekunden lang alles vergessen. Ohne Worte, nur mit meiner sonnengebleichten, inneren Ruhe, wusste ich, dass Jake unten Tee machte, dass sich bald alle auf dem Bett versammeln und über Schule, Vereine und die Verabredungen zum Spielen in dieser Woche reden würden, die Jungs schrien ihre Zustimmung oder Ablehnung heraus und wälzten sich auf dem Bett wie Welpen, um sich am Bauch kitzeln zu lassen.

Für diese wenigen Augenblicke hatte Jake keine andere gevögelt, war unsere Welt unverändert. Ich strich mit der Hand über das Bett, spürte, dass es unter dem Kissen neben dem meinen kühl war. Da fiel es mir wieder ein.

Nachdem Jake am Vorabend gesagt hatte – *Das also willst du, Lucy* –, hatte er mir die Hand wieder hingehalten und die Nagelspuren gezeigt, tiefe, hellrote Halbmonde quer über seiner Lebenslinie. Die Abdrücke waren eindeutig und unbestreitbar, dieses Mal war es Absicht gewesen.

Mach es noch einmal. Das willst du doch.

Du bist betrunken, sagte ich zu ihm. *Geh schlafen.*

Ich bin nicht betrunken, ich hatte nur einen Whiskey. Wieder hielt er mir die geöffnete Hand hin, wie mein Vater es immer getan hatte, ein Ziel, das man nicht verfehlen konnte.

Schlag mich, sagte mein Vater, wenn ich wegen irgendeiner Kleinigkeit böse auf ihn war. *So brichst du dir bloß die Hand*, sagte er und schob meinen Daumen an die richtige Stelle.

Gestern Abend betrachtete ich Jakes Haut, sie schimmerte im Küchenlicht. So viele Details, so viele Pfade. Ich dachte an die zahllosen Male, an denen ich seine Finger geküsst, meine Finger an seinen gerieben hatte.

Schau, sagte er, *ich weiß, wie sehr ich dich verletzt habe. Es tut mir unendlich leid, Lu. Ich weiß nicht, was ich sonst noch sagen kann.* An dieser Stelle ein tiefes Einatmen, ein Sammeln. *Aber du kannst – du kannst mich auch verletzen.* Er ließ die Hand sinken, wendete aber den Blick nicht ab.

Versuch es doch mal und schau, ob es dir hilft? Er flehte fast.

Ein paar Mal, sagte er. *Wie oft? Drei Mal?*

Er lächelte, kaum wahrnehmbar, die Augen waren glasig, die Gesichtsmuskeln angespannt. Es klang wie ein Scherz. Aber irgendwie wusste ich – durch den Alkohol, das vage Gefühl seiner Hände auf meinen Handgelenken, meine in seine Haut gepressten Finger –, dass Jake es ernst meinte.

Drei Mal. Ich sagte es laut, nachdem er es gesagt hatte. Irgendwie erschien mir das sinnvoll, diese Struktur hatte etwas Religiöses. *Vater, Sohn und Heiliger Geist*, Peter verriet Jesus drei Mal. Eine vertraute Zahl für ein christliches Mädchen wie mich. Ich erinnerte mich, dass ich in der Kirche mit den Schellen klingeln durfte: *Drei Mal*, sagte man mir.

Jetzt wälzte ich mich im Bett herum, mein Magen schlingerte, sein Inhalt drohte, mir aus dem Hals zu kommen. *Warum ist eigentlich* mir *schlecht?* Der Gedanke kam wie eine Stimme von oben oder wie aus einem winzigen Mikrofon in meinem Kopf. Ja, pflichtete ich der Stimme bei, es war ja wohl Jake, der entleert werden, in den eine Hand tief hineinlangen und alles herauszerren sollte. Oder, wenn nicht er, dann Vanessa, sie sollte ihren Bauch umklammern, laut schreien. Oder beide, jeder für sich, jammernd, fluchend. Wenn es etwas gab, das mit den Qualen einer Geburt – die weder sie noch er erlebt hatten – vergleichbar war, dann ein verdorbener Magen. Darmgrippe. Der Körper im Krieg mit sich, jede Illusion einer behaglichen Normalität unwiderruflich zerstört.

~

An der Universität wählte ich selbstverständlich Altphilologie. Ich belegte so viele Kurse, wie ich nur konnte.

Manchmal, wenn ich eigentlich etwas anderes machen sollte, suchte ich in der Bibliothek nach Bildern von ihr.

Verzerrtes Gesicht, Klauen statt Händen. Eine gewisse Rundung des Gesichts, schwere Augenlider; schon damals durchfuhr mich Wiedererkennen.

Ursprünglich, las ich, war die Harpyie gar kein Ungeheuer. Sie stand für Stürme, Gewitter. Nur schlechtes Wetter, sonst nichts.

~

15

Statt Jake dabei zu helfen, die Jungs bereit zu machen, blieb ich an diesem Morgen im Bett.

Ich bin krank, rief ich die Treppen hinunter, das genügte. Paddy und Ted kamen beide an die Tür, einer nach dem anderen, um zu winken, aber nicht zu küssen, es sollten keine Bakterien weitergetragen werden. Ich hörte es knallen, poltern und klappern, als sie sich zum Gehen fertig machten. Jake verabschiedete sich vom Fuß der Treppe, kam aber nicht hoch. Vielleicht hat er es vergessen, dachte ich. Vielleicht war er doch betrunken gewesen. Aber später am Vormittag kam eine Nachricht.

Halb benommen hatte ich mir auf dem Laptop alte Folgen einer amerikanischen Sitcom angesehen, mich von der Schlichtheit dieser Filmleben verhöhnt gefühlt, den frischen Gesichtern, der wohltuenden Abgeschlossenheit jeder Folge. In meinem Magen plätscherte und gurgelte es, wenn ich mit der Hand darüberstrich, eine Unterwasserwelt, die unter meiner Haut schwappte.

Ich las die Nachricht nicht sofort. Ich erblickte Jakes Namen und drehte das Handy um. Ich sah wieder auf den Laptop, auf ein Paar in einem Diner, das Kaffee trank und sich stritt. Konnte Jake überhaupt etwas sagen, das sich zu lesen lohnte? Ich hatte die typische Empfindung einer Kranken, dass das Bett ein Ort war, an dem man leben konnte, dass dieser Zustand durchaus von Dauer sein könnte, mein Körper verschwitzt und Gegenstand dauernder Introspektion, mein Verstand von Langeweile und seichter Unterhaltung ausgedörrt.

Du kannst mich auch verletzen. Drei Mal – dann sind wir quitt?

Jake schrieb seine Nachrichten immer in ganzen Sätzen und ganzen Wörtern. Er schloss immer mit einem Kuss-Emoji, einem, niemals zwei oder drei. Darin ist er konsequent, daran musste ich mich oft erinnern, als wir uns gerade kennengelernt hatten. Er ließ sich niemals – wie ich – zu vier oder gar fünf Küssen hinreißen. Er blieb immer er selbst. Jetzt gab es keine Küsse, aber es gab etwas anderes, etwas, das mir sogar besser erschien: ein Versprechen, einen Plan. Eine Art, die Dinge in Ordnung zu bringen.

~

Als ich älter wurde, kam ich ihr immer näher: Bachelor, Master, Jahre für eine Dissertation, Eingrenzen, Sichten, bis die Harpyie mein einziges Thema war.

Ich sammelte alles, was ich finden konnte. Männermörderin. Monstrosität. Goldene Flügel. Goldenes Haar. Perfekter Körper, Vogelfüße. Ein von Zorn verzerrtes Gesicht. Angst einflößend. Verführerisch.

Je mehr ich las, umso verwirrter wurde ich. Und doch: Ich musste alles wissen, musste die Wahrheit herausfinden.

~

16

Sobald ich die Nachricht gelesen hatte, stand ich auf, zog Jeans und Pullover an. Ich beschloss, zum Markt zu gehen. Ich würde zum Abendessen etwas Frisches und Köstliches kochen, etwas, das alle gern aßen. In letzter Zeit waren alle Mahlzeiten langweilig und vorhersehbar gewesen, es gab immer das Gleiche an immer den gleichen Tagen. Früher war das normal gewesen. Meine Großmutter kochte freitags Fisch, mittwochs Kotelett. Aber ich wusste natürlich, dass unsere Mahlzeiten heutzutage ein Abbild der ganzen Welt sein sollten, abwechslungsreich, faszinierend, ein Abenteuer auf dem Teller. Meine Großmutter mochte weder viele Kräuter noch scharfes Essen, sie bat oft um ein gekochtes Ei, wie ein Kind. Ihre Geschmacksknospen waren mit fadem Essen aufgewachsen, mit der Pampe und Matsche einer Kindheit voll zerkochtem Gemüse, klumpigen, laienhaft zubereiteten Pasteten.

Ihre Mutter – meine Urgroßmutter – konnte überhaupt nicht kochen. Sie war Suffragette gewesen. Meine Mutter behauptete, sie habe ein Warenhaus angezündet und sei dann vor der Polizei über die Dächer von London geflohen. Sie putzte und kochte fast nie. Sie las den ganzen Tag und lag im Morgenmantel herum, bis ihre Kinder aus der Schule kamen.

Faul!, nannte meine Großmutter sie. *Hemmungslos!* Aus Protest versuchte sie, eine perfekte Hausfrau zu werden, sie kochte für ihren Ehemann zähe Fleischeintöpfe mit Kartoffeln, schrubbte und desinfizierte, bekam ein Kind nach dem anderen. Wenn sie mein verfilztes Haar kämmte, zerrte sie daran herum und schimpfte. Sie schrie und fluchte und knallte frustriert die Haarbürste ins Waschbecken, dass der Spiegel bebte.

Ich habe mir immer vorgestellt, dass ihre Wut als Parasit in ihrem Bauch lebte, der durch ihre Gebärmutterwand auf meine Mutter überging, die ihn dann an mich weitergab.

~

Sie wurde zum Inhalt meiner Tage. Jahrelang tat ich in meinem Leben nichts anderes, als über sie zu lesen, während um mich herum Leute raschelten und das Licht in der Bibliothek allmählich schwand.

Die Harpyie reißt Augen aus, las ich. Sie zerrt, versengt, kratzt, verkrüppelt. Sie tut all das auf Anweisung der Götter, aber nicht widerwillig. Sie tut es mit leuchtenden Augen: hacken, ersticken. Vergiften.

Es hätte niemanden überraschen dürfen. Niemanden schockieren.

~

Es ist das erste Mal. Ich habe das Haus geputzt, vom Dachgeschoss bis zur Küchentür. Ich habe nichts Besonderes angezogen, aber ich trage gute, saubere Kleidung. Ich habe mir die Haare gebürstet.

•

Ich habe das Bett verlassen; habe es abgezogen, die Laken in die Schmutzwäsche getan, es frisch bezogen, mit der Hand über seine schlichte Makellosigkeit gestrichen.

Ich habe eines von Jakes Lieblingsgerichten gekocht, Pasta mit Auberginensoße, so lange eingekocht, bis das Öl glänzt, Blattgold auf heißem Dunkelrot.

•

Die Jungs sind ruhig, gut gelaunt; ich habe sie nach der Schule nicht vor den Fernseher gesetzt. Ich habe mit ihnen gespielt, Kartenspiele, Wortspiele, Fantasiespiele. *Du bist ein Pferd, Mami, ich bin dein Papa.*

Als Jake nach Hause kommt, empfange ich ihn nicht mit den Hausschuhen an der Tür. Das ginge zu weit. Aber ich bin in der Küche, lächele, rühre in einem Topf. Seine Söhne laufen zur Tür, die Gesichter offen, die Augen glücklich.

•

Ich würde gern sagen, dass ich es fast sein lasse. Dass ich, als ich das Essen serviere, Jake anschaue, ihm fast unsere Soße gebe und nicht nach dem zweiten Topf auf der hinteren Herdplatte greife. Aber das wäre eine Lüge. Ich reiche Jake seine Portion zuerst, schöpfe viel Soße auf, verziere sie mit Basilikumblättern.

Ich sehe ihm an, dass er unsicher ist, was da gerade passiert. Warum ich lächele und eine Schürze trage.

Geht es dir besser?, fragt er mich, vorsichtig, weil die Jungs zuhören. Dabei führt er die Gabel zum Mund, und ich nicke.

Viel besser, sage ich und setze mein Weinglas an die Lippen. Jake hat Hunger. Er isst rasch, kaut fast nicht, Bissen um Bissen gleiten ihm Pasta und Gemüse durch die Kehle.

Jetzt geht es mir gut, sage ich, nehme die Gabel in die Hand und widme mich meiner eigenen Portion.

17

Anders als an den Morgen zuvor, war mir nach dem Aufwachen nicht übel. Mein Magen fühlte sich rein und leicht an, mir war wohl am ganzen Körper, ich ruhte in mir. Aber der Geruch im Haus war unverkennbar. Ich fand Jake in der winzigen Gästetoilette im Parterre, Kopf über der Kloschüssel, stöhnend und spuckend.

Ich war die ganze Nacht auf, sagte er. *Es ist sicher* – Er brach ab, weil er würgen musste, ich wich zurück. Ich fand es immer widerwärtig, jemanden kotzen zu sehen, sogar bei den Kindern. Aber er war offenbar schon bei den trockenen Würgereizen angekommen. Er rutschte von der Toilette weg, Kopf an der Wand, seine langen Beine ragten halb aus der Tür, die ich aufhielt, sie berührten fast meine Füße. Der Gestank war jetzt so unerträglich, sauer und vergoren, dass ich mir die Hand vor die Nase hielt.

– *sicher der Virus, den du hattest*, fuhr er fort. *Es ist furchtbar. Ich habe mich bestimmt zehnmal übergeben.*

Im Vorjahr hatte ich in einer besonders öden Arbeitsphase den Beipackzettel für ein Emetikum geschrieben. Ich war noch nie auf die Idee gekommen, dass es dafür ein Medikament geben könnte. Auch das Wort *emetisch* hatte ich davor erst einmal gehört, in einem fakultativen Literaturseminar wurde es für den Schreibstil eines bestimmten Schriftstellers benutzt, eine endlose Wortkaskade.

Es ist darauf zu achten, hatten mir beigelegte Hinweise zu dem Medikament eingeschärft, dass das Mittel nicht aus den falschen Gründen verabreicht werde. Ich vermute, dass es sich bei diesen Gründen vor allem um Essstörungen handelte. Es ging um Mädchen, die *Laxative* und *Emetika* nahmen, die sich selbst völlig leer räumen, regelrecht wegspülen wollten.

Jake stand auf, schwankte ein wenig, hielt sich am Waschbecken fest. Ich spürte, wie die Wörter in mir aufstiegen, Bläschen, wie etwas Aufregendes, etwas, worauf man sich freut. Trotz des Gestanks in der Toilette war mir nicht schlecht. Mein Kopf fühlte sich ungewöhnlich klar an, an den Rändern meiner Wahrnehmung kribbelte es, wie nach sehr viel Kaffee oder Sport. *Ich kann es ihm sagen*, in diesem Augenblick spürte ich wieder, wie es in mir aufstieg, wie mein Mund sich zum Sprechen öffnete.

Jake, die Pasta von gestern Abend, weißt du? Du hattest eine andere als wir, ich – ich habe etwas in deine Soße getan.

Kein Herumdrucksen wie in Seifenopern. Es war erledigt. Ein neuer Energieschub, Pulsieren in den Fingern.

Das war das erste Mal – wie wir es abgesprochen haben? Meine Stimme war jetzt schwächer, franste an den Rändern aus.

Langsam hob Jake den Kopf vom Waschbecken. Seine Hände umklammerten den Beckenrand, die Haare klebten ihm schlaff und feucht auf der Stirn.

Was? Seine Augen waren schmal. Er stieß einen sauren Atemschwall aus, bewegte den Kopf hin und her. *Du hast was?*

Psst. Die Jungs. Ich streckte die Hand aus, wie um ihn zu berühren. Er richtete sich auf, um mich anzuschauen. Ich sah, wie sich Empfindungen auf seinem Gesicht abzeichneten, es hatte etwas Schönes, als verfolge man aus dem Flugzeugfenster einen Schatten, der über die Landschaft gleitet. Jake war angewidert, schockiert, doch dann – der Schatten zog weiter, seine Umrisse jetzt durch plötzliche Dunkelheit verändert – hatte er einen anderen Gedanken. Jetzt hatte auch ich etwas Furchtbares getan. Ich würde mich hassen, mir wünschen, es nie getan zu haben.

Doch das tat ich nicht. Noch nicht.

Wir sollten heute etwas unternehmen, sagte ich. *Irgendwohin fahren. Wir könnten – wir könnten ans Meer fahren.*

Jake sah mich wieder an, einen geradezu übertrieben fragenden Ausdruck auf dem Gesicht.

Was?, fragte er noch einmal. *Ich ... ich fühle mich elend, Lucy. Ich kann wirklich nirgendwohin fahren.*

Ich fahre. Ich hatte den Führerschein, seit ich achtzehn war, aber seit die Kinder da waren, saß immer Jake bei gemeinsamen Fahrten am Steuer. In der ersten Zeit musste ich hinten sitzen, manchmal holte ich meine Brust heraus, um sie zu stillen, während sie in ihren Sitzen festgeschnallt blieben. Auch als sie älter waren und auf dem Rücksitz Hörbücher hörten oder Filmchen guckten, behielten wir diese Aufteilung bei, ich war die mit dem Reiseproviant, ich verteilte Obst und öffnete die Fenster, wenn eines der Kinder eine grüne Gesichtsfarbe bekam.

Aber ich konnte natürlich fahren. Jetzt fiel mir ein, dass ich vom Ozean geträumt hatte, ich war nachts im leeren, verknitterten Weiß meines Bettes aufgewacht und hatte es für Schaum gehalten, den äußersten Rand der Welt. Das war es, schien der Traum zu sagen, was wir brauchten: die stumme Stärkung des Meeresufers, die unermessliche Weite des Wassers.

Lass uns heute fahren. Solche Entscheidungen hatten wir einmal zusammen gefällt, früher, als wir jünger waren, mehr Zeit hatten, auf die Macht von Ortsveränderungen vertrauten. Wir wachten an einem noch nicht verplanten Tag auf und beschlossen, nach Norfolk zu fahren, nach Sussex, nach Kent. Wir fuhren los, die Herzen stürmten mit der Straße voran, die morgendliche Müdigkeit stieg in den Himmel auf.

Aber Jake war bleich, er konnte kaum stehen.

Nein. Um Himmels willen, nein, sagte er, die Hände an den Schläfen. Plötzlich wirkte er viel älter, desorientiert.

Dann vielleicht morgen?

Ich muss wieder ins Bett. Er drehte sich um, nicht zum Sofa, sondern zur Treppe, ging sie langsam hoch, hielt sich dabei am Handlauf fest. Ich hörte, wie er auf dem Treppenabsatz Ted begrüßte – *Alles in Ordnung, Kumpel?* –, und konnte mir vorstellen, wie er im Vorbeigehen Teds weiche Haare wuschelte. Ein verschlafenes Stimmchen:

Geht es dir gut, Papi? Bist du krank?

Ich hörte das und merkte, dass etwas in mir einknicken wollte. Etwas wollte aufgeben, sofort aufhören. Aber ich ließ es nicht zu. Ich konstatierte, dass Jake in unser Bett ging. Er meinte, jetzt das Recht dazu zu haben. Er würde in unserem Bett liegen und seine Schwäche spüren. Er würde wissen – was ich seit Jahren wusste, schon immer gewusst hatte –, wie leicht es war, einen Körper zu zerstören.

~

Egal, was die Leute denken, ich bin genau wie sie. Ich wollte immer gut sein, das Richtige tun, den Kopf getätschelt bekommen, auf die Schulter geklopft werden: Gut gemacht.

Ich habe nie gedacht, dass ich jemanden verletzen würde. Als ich zum ersten Mal diese Jungen – meine Babys – in den Armen hielt, hatte ich Angst, dass ich sie fallen lassen, aus einem Fenster schleudern, auf der Straße ihren Kinderwagen umkippen würde. Es war wie ein Wunder, dass das nicht passierte. Dass wir lebend durchgekommen sind.

~

18

Auf dem Weg zum Meer herrschte fast kein Verkehr; Ted wurde seit Kurzem im Auto nicht mehr schlecht, wir ließen dennoch ein Fenster offen, kühle Luft umwehte uns, trüb zog die entlaubte Landschaft vorbei. Jake ging es besser, er ließ sogar Musik laufen; ich fragte mich, ob er mit Absicht eine CD aus der Anfangszeit unserer Beziehung gewählt hatte, von unseren ersten Autofahrten. Damals hatte ich die Füße auf dem Armaturenbrett, eine Hand auf seiner Jeans. Jetzt schienen unsere Körper meilenweit voneinander entfernt, sie strahlten Vereinzelung und Entfremdung aus. Ich umklammerte das Lenkrad, sah unverwandt nach vorn. Ich merkte, dass Jake nervös war, er klopfte den Takt der Musik mit, manchmal falsch, atmete scharf ein, wenn ich schnell in eine Kurve fuhr, zu abrupt hinter einem Auto abbremste.

Heute sah er fast normal aus, hatte wieder etwas Farbe im Gesicht, aber nachts hatte ich es ständig vor mir gesehen, dass sein ganzer Körper kränklich, geschwächt war. Ich hatte schlecht geschlafen, es kam mir so vor, als sei ich stündlich aufgewacht, wie bei einem Neugeborenen. Aber es war niemand da, Jake war auf das Sofa zurückgekehrt, ohne dass ich etwas sagen musste. Es waren meine Gedanken, die mich weckten, die immer gleichen Bilder, die wie bei einem Daumenkino vorbeiblitzten. Um drei Uhr morgens, in dieser zutiefst verworrenen Sphäre, verspürte ich weder Genugtuung noch Kraft. Mein Denken war schwerelos geworden, entwurzelt, es trudelte bereitwillig von einem Thema zum anderen, jedes gefährlich.

Morgens hatte ich Make-up aufgelegt und die dunklen Augenringe mit einer glänzenden, beigefarbenen Paste überschminkt. Ich hatte die Schule angerufen und gesagt, dass die Jungs krank seien, die Lüge kam mir klar und deutlich über die Lippen. Ich hatte das noch nie gemacht, ich ertrug die Angst bei solchen Regelverstößen sonst nicht, der Gedanke an die Gesichter der Lehrer, die eine Unwahrheit ahnten. Jetzt war das kein Problem. Selbst Jake hatte sich ohne Protest krankgemeldet. Er hatte nur genickt und es gleich erledigt, im Nebenzimmer etwas ins Telefon gemurmelt.

Als wir ankamen, sah das Fischerdorf ganz anders aus, irgendwie verformt, gleichsam im Rohzustand. Wir waren noch nie im Winter hier gewesen, die Jungs waren zunächst durcheinander und träge, sie wollten nicht aussteigen. Ich kannte das Gefühl, diesen Eindruck, dass die Fahrt gar keine Ankunft brauchte, man hatte ja die ganze Zeit zugesehen, wie sich die Welt, von Musik begleitet, vor einem entfaltete.

Jake war am Meer aufgewachsen. Er sagte immer, er sei am Meer gesünder, könne besser atmen und schlafen. Sein Haar wurde in dieser Luft noch lockiger, als kehre er zu seinem wahren Ich zurück. Heute sehnte auch ich mich nach dem Geruch des Meeresufers, seiner Schärfe, den Möwen, die über den Fischen kreisten und sie beim ersten

Aufblitzen schnappten. Gerade jetzt brauchten wir vielleicht dieses Raue, einen Ort, wo das fassbare Leben dem Mysterium wich, dem Salzwasser, dem Tod. Ich ertappte mich bei dem Gedanken, dass das Jake, vielleicht uns beide, heilen würde. Alles besser machen.

Knirschend liefen wir über den Kiesweg zum Strand, die Jungs rannten voraus, ihre Füße stießen vor uns auf Sand, sanken tief ein. Am Ufer war die Sonne schmerzhaft grell, völlig unverschleiert; ich konnte meilenweit sehen, ich konnte mich nicht erinnern, jemals so weit gesehen zu haben. Ich musste an meine erste Brille denken, ich war elf oder zwölf, musste daran denken, wie klar die Welt plötzlich wurde, wie kompliziert zugleich, jeder Baum hatte einzelne Blätter, jeder weiter entfernte Mensch ganz eigene Gesichtszüge.

Jake spielte mit Paddy und zeigte ihm, wie man Steine hüpfen ließ, er beugte sich in einem bestimmten Winkel vor und warf flache Steine über das Wasser. Die Wellen waren zu hoch, die Steine versanken, statt zu hüpfen. Ich versuchte Teds Interesse für den Bau einer Burg zu wecken, aber der Wind blies ihm Sand in die Augen. Er weinte, barg das Gesicht an meiner Brust, die Haare flatterten hoch, dicke Tränen rollten ihm über das Gesicht. Ich wiegte ihn, steckte die Nase in seinen süßen Kopfgeruch, sah zu, wie Jake und Paddy am Meer gegen die Wellen spielten, ihre Körper waren kaum mehr als Umrisse im gleißenden Licht.

Wir machten in den Dünen ein Picknick, Wind und Sonne waren dort weniger heftig, wir saßen nicht zum aufgewühlten Meer hin gewandt, sondern zu den Marschen. Dieser Küstenabschnitt war Naturschutzgebiet, eine Schutzzone für seltene Vögel und Nagetiere, nur ausgedehntes

Grün in Sichtweite des Atommeilers. Abseits von Meer und Sand und mit vollem Magen waren die Jungs ruhiger. Sie balancierten auf Holzstegen über das Marschland, staksten über wogendes Gras, die Arme zur Balance ausgestreckt. Das elterliche Ideal: Sie waren frei, aber wir konnten sie sehen und – falls nötig – ihnen jederzeit zu Hilfe eilen.

Ich lächelte über eine Albernheit, die Paddy für uns machte, er streckte den Po raus und wackelte mit den Händen am Kopf. Auch Jake sah hin, lächelte aber nicht. Er hatte nicht viel gegessen, nur ein paar Chips, er hatte einen Apfel angebissen und dann in die Dünen gefeuert.

Wie geht es dir jetzt? Ich presste die Wörter langsam hervor, den Blick weiter auf Paddy gerichtet.

Besser. Er zog neben sich einen Büschel Seegras heraus, warf ihn fort.

Die Jungs hatten offenbar ein neues Spiel erfunden, Paddy bestimmte und gab seinem kleinen Bruder Anweisungen mit dem Finger.

Wir machen damit weiter, oder? Gegen das tosende Meer und die Schreie der Jungs klang meine Stimme mickrig.

Jake atmete aus, zupfte wieder am Gras.

Ja, sagte er leise. Das Wort kroch mit dem Wind über den Sand.

Ja, sagte er wieder, nun lauter, überzeugender. *Ich denke schon.* Er wandte sich mir zu, weder lächelnd noch abweisend, das Gesicht offen, der Blick fest. Ich sah mich in seinen Augen gespiegelt, *en miniature*. Harmlos.

Es gibt so viele unterschiedliche Arten, eine Familie zu sein, Tag für Tag aufs Neue. Und das war unsere Art, der Plan war real, er hatte schon begonnen, er war so greifbar wie unsere Hände im Sand, wie die Kinder, die wir aus dem Nichts erschaffen hatten. Ausflüge hatten uns immer das Gefühl gegeben, dass unser Leben formbar sei, mühelos veränderbar, eine von oben beleuchtete Spielzeugwelt. An diesem Ort – hinter uns das Meer, vor uns Marschen, eine weite Landschaft bis zum Horizont – war endlich alles ganz schlicht und einfach: ein Mann und eine Frau, wir hatten die Beine untergeschlagen, vor unseren Augen spielten unsere Kinder.

II

~

Ich habe nie ein Tier stranguliert, aber ich habe tote Tiere gegessen, oft, sehr oft. Ich habe meine Hände um den Arm einer Klassenkameradin gelegt und die Haut gegeneinander verdreht, als wränge ich feuchte Wäsche aus, und zugesehen, wie sich die Rötung auf ihrer Haut ausbreitete. Ich habe viele Bücher über ein mordendes Mädchen gelesen, ein Kind, dessen Augen auf den Fotografien unsichtbar waren, zwei Schächte, deren Grund ich nicht sehen konnte.

Ich habe in der Küche gestanden, mein Gesicht sank ein, meine Nase wurde spitzer, meine Stirn niedriger, und drehte mich zur Wand, während ich mich verwandelte.

~

19

Es war fast Weihnachten; ich wusste, dass das nächste Mal warten musste. Was wir taten, hatte im zyklischen Zeitgefühl unserer Kinder keinen Platz, in ihrer Gewissheit, dass aus den Kisten derselbe Schmuck geholt, in der Schule dieselben Lieder gesungen wurden. Für das, was wir taten, gab es weder Tradition noch Vorbild; wir erfanden es mit jedem Schritt. Dabei gab es definierte Grenzen, wir hatten uns darauf geeinigt, dass die Strafen, wie das erste Mal, *Überraschungen* sein würden. Er würde nicht wissen, was kommt.

Ich sagte viel ab, Einladungen zu Drinks, Adventssingen, Treffen des Lesezirkels, verbrachte die meisten Abende allein, sagte, ich müsse arbeiten. Ich hatte offenbar ein paar neue Hobbys, Interessen, die nichts mit meinem Leben zu tun hatten, kein Geld einbrachten, sich negativ auf den geschmeidigen Ablauf unseres Haushalts auswirkten. Jake kam oft spät nach Hause, nachdem er mir gewissenhaft – zu gewissenhaft – eine SMS mit allen Details seiner Zugprobleme geschickt hatte: Signalstörungen, Äste, Leichen auf der Strecke. Ich brachte die Jungs so früh wie möglich zu Bett, ging nach oben zum warmen Lichtschein meines Schreibtischs, dem offenen Maul einer Suchmaschine.

Mein Laptop war jetzt mein intimster Gefährte, ein schmales Ding, das so viele Räume eröffnete, in die man schlüpfen konnte. Eine Woche lang betrachtete ich ausschließlich Tornados, gewaltige, dunkle Luftschlote, die über Felder hinwegwirbelten, verfolgt von einer Kamera, einem Auge, das seine Menschlichkeit immer dann offenbarte, wenn es zurückwich. Es hatte erkannt, dass es zu nahe gekommen war. Jedes Mal wollte ich das Auge dazu bringen, dranzubleiben, mitten durch die wirbelnde, rauchgraue Masse hindurchzugehen, durch die umherfliegenden Kühe und Stühle, direkt ins Zentrum, wo alles still war. Gelegentlich tapste eines der Kinder schläfrig herein; schnell klappte ich den Laptop zu, bevor sie auch nur einen Blick auf den Bildschirm werfen konnten.

Ich sah mir Tsunamis an, Wassermassen, die Gebäude zum Einsturz bringen, Autos forttragen, eine Stadt wie mit dem Putzlappen fortwischen konnten. Die Webseite schlug andere Videos vor, die mir gefallen könnten: Lawinen, Hubschrauberabstürze, Explosionen. Ich klickte von einer Katastrophe zur nächsten, die Wiederholung beruhigte mich, und es beruhigte mich auch, wie das Grauen auf den glatten Flächen meines Schlafzimmers seinen Lauf nahm. Die Bilder unterbrachen – jeweils für wenige Minuten – das fieberhafte Kreisen meiner Gedanken, die sonst die Oberfläche meines Lebens streiften, die Oberfläche des ganzen Planeten, ohne innehalten zu können. Ein solches Tempo hatte ich zum letzten Mal mit Anfang zwanzig erlebt, als ich vergessene Sprachen lernte und spürte, wie sich deren Strukturen unter meinen Anstrengungen öffneten und offenbarten. Vor meinen Augen wurden uralte Symbole wieder farbig und zugänglich, sie gaben sich mir freudig hin. Jetzt aber machte mir mein eigenes Tempo Angst. Ich schien es kaum noch unter Kontrolle zu haben, taumelte endlos und ohne erkennbare Strategie zur Landung durch meine Gedankenkaskaden.

Am nächsten Morgen schämte ich mich immer, als hätte ich die Nacht damit verbracht, mir schlechte Pornos anzusehen, statt Augenzeugenberichten, Liveaufnahmen, verwackelten, von Schreien begleiteten Bildern. Ich begriff, dass es legitime Wünsche nach Gewalt gab und abstoßende; sich aktuelle Nachrichten anzusehen, war akzeptabel; es fünf oder zehn Jahre später zu tun, war es nicht. True-Crime-Bücher lesen, Podcasts über Massenmorde hören: alles bestens. Ein Video anzusehen, auf dem ein Mann seinen blutenden Freund über die Straße schleppt, die Tonaufnahme von einem Schulmassaker oder einem in ein Hochhaus fliegenden Flugzeug anzuhören, und das immer und immer wieder: Das sind Anzeichen für eine Störung. Doch ich war nicht allein. 10 Millionen Klicks, 20 Millionen Klicks, 300 Millionen Klicks, verkündete der hellgraue Text unter den Clips, manchmal stiegen die Zahlen, während ich noch zusah.

Am 24. Dezember stand unsere alljährliche Weihnachtsparty für Nachbarn und Freunde an, es gab Lichterketten, Mistelzweige, Glühwein, niemand blieb nüchtern. Es war mein einziges Zugeständnis in Sachen Gastfreundschaft, einmal im Jahr versuchte ich, Leute, die wir aus der Schule, dem Chor, den Sportvereinen und vom Rausstellen der Mülltonnen kannten, zu Freunden zu machen. Die Party ausfallen zu lassen, würde bedeuten, dass etwas nicht stimmte, überlegte ich in einer schlaflosen Nacht. Man würde sich vielleicht fragen, was los war.

Dieses Jahr lassen wir es, oder?, hatte Jake gesagt, als ich es beiläufig beim Frühstück erwähnte, während der Garten hinter uns winterkahl dalag, eine schwache, kalkige Sonne durch die Wolken brach.

Aber warum denn?, hatte ich erwidert, ihn genötigt, vor den Jungs zu antworten, ihre Beschäftigung mit den Cornflakes-Schalen, ihr schweres morgendliches Schnaufen zu stören. Jake schwieg, die Augen vor Schlafmangel unterlaufen. Er stolperte jeden Morgen in Boxershorts und T-Shirt aus dem Wohnzimmer und winkte den Kindern fröhlich zu, als sei das normal.

Ich hatte versucht, nicht an die Party vom letzten Jahr zu denken. Oder hatte absichtlich daran gedacht, bis ich das Gefühl hatte, als würde sich mein Inneres bei dem Gedanken verkrampfen, sich winden wie ein Sprungseil. Vanessa und David Holmes, beide zeitlos elegant gekleidet und mindestens zehn Jahre älter als alle anderen, standen den ganzen Abend wie Honoratioren in der Nähe des Baumes. Davids erste Nachricht auf meinem Anrufbeantworter – unbeantwortet geblieben und nach sieben Tagen automatisch gelöscht – war mir gerade erst aus dem Gedächtnis entschwunden, jetzt waren da diese Erinnerungen. Diese merkwürdige Einladung in letzter Minute – Jake sagte mir, er habe Vanessa eine SMS geschickt –, wie augenfällig sie sich von den anderen Gästen unterschieden.

Sie fanden das alles offenbar kurios, die bunten Pappbecher, Servietten statt Teller, Gäste, die Essen auf den Teppich krümelten. Einer unserer Nachbarn trug Fahrradklamotten. Eine andere hatte ein Kleinkind mitgebracht, das Mädchen wurde noch gestillt und zog, sobald ihm danach war, das Shirt seiner Mutter hoch, schmiegte sich an sie, spitzte das Erdbeermündchen.

Ich hatte gesehen, wie Vanessa den Blick über all das schweifen ließ, insgeheim amüsiert, wie jemand, der bestimmte Dinge hinter sich gelassen hat, über sie hinausgewachsen ist, wie ein sehr großer Baum. Wenn alle aus ihrer Generation tot sind, dachte ich, gibt es vielleicht keinen mehr wie sie, Menschen, die alles so gelassen betrachten können, als erwache nicht in dieser Sekunde, hier vor der Tür oder zehntausend Meilen entfernt, ein Tornado grollend zum Leben.

~

Niemand glaubt, so eine Frau zu werden, bis es passiert. Sie gehen die Straße hinunter und denken, dass ihnen so etwas nie widerfahren wird.

Sie ahnen nicht, wie es ist: wie wenn man sich den Knöchel in einer Ritze auf dem Gehweg verstaucht, mit dem Fuß von der Bordsteinkante abrutscht, hinfällt, von einem Augenblick zum anderen, in einer winzigen Zeitspanne, die alles verändert.

~

20

Ich hatte reichlich Zeit für die Party-Vorbereitungen; um diese Jahreszeit gab es kaum Aufträge, meine Tage waren unnatürlich frei, mit viel Raum. Ich konnte mit den Jungs zusammen sein, sie jeden Tag zur Schule bringen und wieder abholen. Das war mir immer als Ideal erschienen. Meine Mutter hatte mich selten von der Schule abgeholt, dafür arbeitete sie zu viel. Manchmal gingen beide abends noch aus, ohne es mir zu sagen, und steckten mich ins Bett. Einmal wachte ich auf, und da war ein Babysitter, ein Junge, den ich noch nie gesehen hatte, ein Teenager mit langen Beinen, die auf unserem Sofa ein scharfes V formten. Ich schämte mich in meinem dünnen Nachthemdchen, ohne Unterhosen, das Haar ganz wirr vom Schlaf.

Ich hatte gelobt, es anders zu machen. Ich würde da sein. Aber meine Kinder wirkten in meiner Gesellschaft oft rastlos, gelangweilt, als wünschten sie, ich wäre jemand anderes. Wenn es keine Aufträge gab, war ich nur das, *eine arbeitslose Hausfrau*, dann starrten das Haus und ich uns viele leere Stunden lang an. Die Party, dachte ich, gäbe mir wenigstens etwas zu tun.

Am Tag vor Heiligabend radelte ich los, um noch ein paar Sachen einzukaufen. Paddy und Jake waren zu Hause, im halbdunklen Zimmer murmelte der Fernseher. Ted saß hinter mir im Kindersitz und sang ein langes, kompliziertes Lied über den Tod.

Und welche sterben an Kreeeehebs, sang er, das Stimmchen wurde höher, sobald wir über einen Hubbel in der Straße rumpelten. *Und welche sterben an ... RUMMS!* Das letzte Wort war ein triumphierendes, unmelodisches Grölen. Ein Paar, an dem wir vorbeikamen, drehte sich um; von vorn war das Kind nicht zu sehen, es hatte zunächst den Anschein, als sänge ich die Lieder vor mich hin.

Alles an den Vorbereitungen erinnerte mich an das letzte Jahr, daran, wie eigenartig es gewesen war, jemanden aus Jakes Kollegenkreis bei unserer Weihnachtsparty zu haben, er hatte noch nie einen von ihnen eingeladen. Aber Vanessa wohnte in derselben Stadt, sie war *von hier*. Sie hatte gerade von einer schottischen Universität an Jakes Institut gewechselt, er war freundlich, er half ihr, *sich zurechtzufinden*. So redete er anfangs, als es Verabredungen zum Kaffee gab, dann zum Mittagessen, dann zum Bier nach Feierabend. Er war völlig unverstellt gewesen, offen, in vielem wieder so, wie er früher gewesen war, der Junge mit frischem Atem und sauberer Unterwäsche, wie ich ihn vor Jahren kennengelernt hatte.

Als ich im Supermarkt den Glühwein in den Wagen legte, fiel mir Vanessas Frage vom Vorjahr ein: *Wie köstlich, Lucy, hast du den selbst gemacht?*

Ich hatte ihr – lächelnd, an meinen Haaren zupfend – das triumphale Gefühl erklärt, seit Jahren erfolgreich diese Art Party zu geben, für die man nichts tun, so gut wie nichts vorbereiten und danach kaum aufräumen müsse. Die Botschaft war klar: Ich bin eine furchtbare Gastgeberin! Und zugleich: Ich bin die beste Gastgeberin, ich habe die schäbigen Fesseln häuslicher Versklavung endgültig abgelegt. Ich kümmere mich um fast nichts, und am Ende ist alles perfekt. Daraufhin machte sie ein Gesicht, das als generelles Kompliment gemeint war, es sollte würdigen, was ich alles erreicht hatte, ohne mich darum auch nur bemüht zu haben.

Schon da hätte ich es wissen können, in genau diesem Augenblick, als ich ihr den Köder meiner Selbsterniedrigung hinhielt, vor ihr damit heumwedelte. Es war eine Opfergabe, eine Übereinkunft unter Frauen, die sie, egal wie verlogen, in den Mund nehmen sollte. Aber sie spuckte sie aus.

Oh, sagte sie mit jenem minimalen Heben der Oberlippe, das Widerwillen verbirgt. *Genau*. Wieder diese Lippe, ein winziges Kopfnicken. Ich entschuldigte mich –

Ich muss nach etwas sehen …

Und ging fort, sah noch, wie Vanessa sich ihrem Mann zuwandte und auf ein Buch im Regal deutete, eines von Jake. Vielleicht *The Development of Superior Species Characteristics*.

Das ist so ein interessantes … ich war fort, bevor ich den Rest des Satzes hören konnte, schenkte mir in der Küche noch ein Glas Glühwein ein, ließ mich von seiner Wärme durchfluten wie von einem Moment der Lust.

Jetzt bat ich Ted, mir zu helfen, vier Packungen Mince Pie aus dem Regal zu fischen, ich wusste, dass die Übertragung einer Aufgabe die Wahrscheinlichkeit reduzierte, dass es zu tobsüchtigen Szenen des Mangels, der Entfesselung animalischer Instinkte auf den Fliesen des Supermarktes käme. Jedes Kind benahm sich so, und doch:

Solche Ausbrüche gingen immer mit dem Gefühl besonderer Unzulänglichkeit einher, von *persönlichem* mütterlichen Versagen.

Es soll Länder auf der Welt geben, in denen man Kinder liebt, sie in Restaurants, Läden und Cafés gern sieht. Als ich das hörte, wusste ich sofort, dass ich nicht in einem solchen Land lebe. Seit den Geburten bewegte ich mich in einem Tunnel öffentlicher Erwartungen und Missbilligungen, es war ein speziell ausgeleuchteter Ort, mit Filtern, die jeden möglichen Fehler aufzeigten. Ich hatte mich an die Körperhaltung gewöhnt, die ich in diesem Tunnel annehmen musste, eine bestimmte Strafftheit des Rückens, das Vermeiden von Blickkontakt. An der Kasse sprach ich weiter mit Ted, richtete meinen trainierten Blick nur auf ihn oder die Kassiererin. Aufsehen, das hatte ich gelernt, war ein Fehler, das lud zu Kommentaren ein.

Ich packte die Einkäufe in meinen Korb, hielt Teds Hand, als er vorsichtig über die niedrige Mauer des Supermarktes stieg, und hob ihn in seinen Fahrradsitz. Als wir am Briefkasten vorbeiradelten, sah ich ein bekanntes Gesicht; ich bereitete mich auf Lächeln-und-Weiterradeln vor, vielleicht würde ich die Hand zu einem kurzen Gruß von der Lenkstange nehmen. Aber sie rief meinen Namen, machte einen kleinen Schritt in Richtung Fahrrad. Mary.

Ich stoppte, hielt das Rad mit den Beinen im Gleichgewicht, Ted hinter mir protestierte jaulend.

Wie geht es dir? Ich merkte, dass mein Herz sehr schnell schlug, ich widerstand dem Drang, meinen Puls zu fühlen, seine Gleichmäßigkeit zu überprüfen.

Uns geht es gut, danke. Und bei dir? Mary antwortete sofort, ohne Pause, ohne eine Sekunde nachzudenken. Und das tat ich auch, meine Stimme blieb neutral wie die eines Bankangestellten.

Uns auch, alles wie immer, du weißt schon.

Ich registrierte schon lange nicht mehr, dass wir von uns meist in der ersten Person Plural sprachen, als bestünden wir – zwei Frauen in einer zugigen Nebenstraße – aus mehreren Personen, als seien wir um Ehemänner und Kinder erweiterte Wesen. Aber jetzt fiel es mir wieder auf. Ich dachte daran, während Mary mir kurz das Neueste über jedes ihrer Kinder erzählte und deren Leben so anstrengend und gleichzeitig würdevoll klingen ließ, als seien sie internationale Diplomaten und keine Grundschulkinder.

Schön, sich mal wiederzusehen. Ich war es gewohnt, auch schlecht schmeckende Köder zu schlucken. Ich war Profi. Ich wartete ein paar Sekunden, bevor ich mich umdrehte und das Gesicht in Richtung Ted verzog, um es ihm und seinem Protest anzulasten, dass wir losmussten. Aber der war jetzt völlig still, nuckelte mit tief konzentriertem Gesichtsausdruck an seinem Sitzriemen.

Ich muss den Kram heimbringen, sagte ich und versuchte es noch einmal, beugte den Kopf vor, zum vollen Fahrradkorb hin, als drohten die Einkäufe in der eisigen Luft zu tauen.

Mary wirkte im Widerstreit mit sich, bekümmert, wie eine flüchtige Bekannte bei einer Beisetzung.

Lucy, du weißt, dass du mit mir reden kannst, nicht wahr? Nur falls – also, falls etwas los sein sollte.

Sie wusste es also. *Scheiße. Pisskacke.* In letzter Zeit fielen mir nur noch sehr kindische Flüche ein, als lernte ich gerade noch einmal, wie man die Wörter benutzt. Immer häufiger rannen mir Flüche wie Spucke aus dem Mund, in

Alltagssituationen, wenn ich die Waschmaschine belud, Haare aus dem Abfluss zog.

Ah, ja. Alles bestens – aber vielen Dank. Dankeschön! Die letzten Worte waren laut, in scharfem Ton, ich rief sie über die Schulter beim Wegfahren, das Rad kippte durch die Last der Einkäufe leicht zur Seite, Ted stieß einen überraschten Schrei aus.

Beim Nach-Hause-Radeln spürte ich, wie die Erniedrigung von mir Besitz ergriff, die Pedale bewegte, mich vorantrieb. Da war eine Hitzewelle, diese Hitze, über die alle sprechen, aber noch etwas anderes, tiefer und langsamer, eine Beseitigung des Ichs, eine geschmeidig gleitende Bewegung, wie eine vollständig herausgezogene Schublade. An ihrer Stelle: ein Loch, ein Nichts, ein Ort, an dem ich noch nie gewesen war.

~

Nach der Universität vergaß ich die Harpyie für lange Zeit vollkommen. Ich verstaute meine Notizen in Kartons, die nie ausgepackt wurden, verschob Dateien in die Tiefen meines Computers. Es war einfach, dachte ich, sie loszuwerden.

Viele Obsessionen enden so, geraten einfach in Vergessenheit. Die Gesichter der Boygroups, mit deren Postern ich meine Wände tapeziert hatte. Die Sammlung Porzellanschweine. Die aufgereihten Stofftiere: blanke Augen, zuverlässiger Trost.

Nichts davon ist zurückgekehrt. Nur das.

~

21

Als ich das Wohnzimmer aufräumte, spürte ich ihren Blick auf allem. Ich wusste, dass Vanessa die wackligen IKEA-Möbel bemerkt und erraten hätte, dass die einzigen guten Stücke – ein großer Teppich und ein solider Holztisch – von Verwandten stammten, die sie nicht mehr gebraucht hatten. Ihr wäre der Staub auf den Fußleisten aufgefallen, der dem Haus einen hellgrauen Pelz überzog, eine dämpfende Dunkelheit. Und sie würde, ohne nachdenken zu müssen, mir dafür die Verantwortung geben. Ich putzte nicht das Bad, während die Kinder frühstückten, wie eine Mutter in der Schule es mir von sich erzählt hatte.

Was für ein schönes Haus, hatte Vanessa im letzten Jahr zu mir gesagt, die Hand leicht um den geriffelten Plastikbecher gelegt, als berühre sie ihn nur widerwillig. Sie hatte lackierte Nägel, *French Manicure*, weiße Spitzen über altrosa Rundungen. Ihr Haar war frisiert – mir fiel zur Beschreibung kein anderes Wort ein –, nicht modisch, aber doch elegant, eine symmetrische Umrahmung ihrer Züge, eine Verbeugung vor ihrem Gesicht, einem genetischen Geschenk.

Wenn der eine alte Frau fickt, müssen die echt Probleme haben. So würden sicher alle reden. Vielleicht hätte ich stolz auf Jake sein sollen, weil er alle Stereotype so gründlich unterlief. Immerhin war sie keine seiner Doktorandinnen mit straffem Körper und flatterhaftem Gemüt, für die ich fast mütterliche Geringschätzung empfinden müsste. Sie war viel älter als wir beide. Sie gehörte der Generation an, die angeblich alles hatte: von der es hieß, sie hätten sich so lange von allem bedient, bis nichts mehr übrig war.

Als Vanessa das Haus lobte, hatte ich, mit rotem Gesicht, eine Platte Mince Pies in der Hand, sofort erklärt: *Es ist nur gemietet. Gehört uns nicht. Leider!*

Als wen gab ich mich aus, wenn ich so redete? *Blöde Fotze.* Ich flüsterte das kaum hörbar, während ich den Wohnzimmertisch einsprühte und neue Streifen auf die Glasoberfläche wischte. Ich wusste nicht, mit wem ich da sprach, aber es fühlte sich im Mund trotzdem gut an, ein rascher, nasser Kuss. *Fotze* war ja kein gutes Wort, im Uni-Selbstverteidigungskurs für Frauen hatten sie uns gesagt, das feministisch korrekte Wort sei *Scheide.*

Bedeutet *Hülle für ein Schwert.* Offenbar sollten wir uns das wünschen: Hülle für das Schwert des Mannes zu sein. Etwa um diese Zeit hörte ich in einem Pub einen Mann sagen, Gleichheit der Geschlechter sei unmöglich, solange der Mann beim Penetrationssex der Aktive sei, er *mache*, mit der Frau *werde gemacht*. Ich versuchte ihm zu erklären, dass eine Frau einen Mann fraglos ebenso gut aktiv *decken* könne, aber er schien nicht überzeugt. Das alles wirkte schon damals sinnlos, Wortspiele, die nichts veränderten.

Während ich alles im Haus vorbereitete, war Jake mit den Jungs im Park Fußball spielen. Ein paar Abende zuvor hatten wir nebeneinander auf dem Sofa gesessen und er hatte Vanessa systematisch aus allen Kontakten gelöscht. In diesem Augenblick schien es etwas zu bedeuten, dass sich der Bildschirm so nachdrücklich leeren, dass ihre Kontaktdaten einfach verschwinden konnten.

Ich hängte eine bunte Weihnachtskugel an die Kaminecke, sah in ihren Farben den Widerschein von Vanessas Profil, ihr verzerrtes Gesicht, den *sinnlichen* Mund, groß, wenn sie lächelte, umwerfend breit, wenn sie lachte. Gut, um …

Ich schüttelte den Kopf. *Widerwärtig*. Wieder spürte ich es, diese Scham, ätzend wie Säure, das Gefühl, zu stürzen, in eine vergessene Leere zu kippen. Ich würde keine weiteren Kinder bekommen, aber jetzt erinnerte ich mich genau daran, wie Schwangerschaft sich anfühlte: als sei man übernommen worden, *eingenommen*, bereitwillig. Ich war – vom ersten positiven Test an – glücklich, bewohnt zu sein, *besessen*, hatte diese Gesellschaft jede Sekunde genossen. Da war jemand, der mit mir die Welt sehen würde, ein stiller, vorsichtig schubsender Gefährte, immer da.

22

Während die Gäste eintrafen, musterte ich sie auf Hinweise, ob sie etwas wussten, und jede Geste war interpretierbar. Wie sie nach dem Glas griffen, den Mantel ablegten. Ihre Fragen:

Wie geht's? Gibt's was Neues? Wie war dein Semester?

Das waren, sagte ich mir, normale Fragen. So redete man. Ich versuchte, beschäftigt zu bleiben, konzentrierte mich darauf, die Mince Pies aus dem Ofen zu holen, ohne mich zu verbrennen. Jake schien völlig entspannt, er stand mit zwei Männern aus seiner Donnerstagabend-Fußballmannschaft lachend im Wohnzimmer. Er trug eins seiner besten Hemden, dunkelblauer Cord, die Ärmel wegen der Hitze des Kaminfeuers hochgekrempelt.

Jake hatte dicke, kräftig wirkende Unterarme, seit jeher mein Lieblingsteil am Männerkörper, auch wenn die Haare auf seinen Armen spärlich und hell waren. Ich bevorzugte, nicht rational, das kam aus irgendeinem Märchenbuch, eine dichte und dunkle Behaarung, schraffiert wie eine Bleistiftzeichnung, wie der tiefste Teil eines Waldes. Wenn ich, in einem Café, auf einem Spielplatz, im Zug, so etwas sah, konnte ich dem Anblick nicht widerstehen. Schwarze Haare, die unter einem Hemdärmel hervorkamen, bis zu einem Uhrarmband gingen. Darum verstand ich Männer, die in ihrer Fantasie aus einer Frau Teile herausschnitten, sie herauslösten, Brüste, Lippen, Beine, jedes für sich.

Einer der Männer, mit denen Jake sich unterhielt – Antonio, Vater dreier Kinder –, hatte solche Haare, sie waren am Ärmelrand zu sehen, bedeckten dicht und weich die Handgelenke. Ich bot der Gruppe Mince Pies an, hielt die Platte hin, bis alle sich genommen hatten, die Pies waren noch in den Aluschälchen und zu heiß zum Essen. Antonio hob die Pie zum Mund, zuckte zusammen, senkte sie wieder, unsere Blicke trafen sich. Wir kannten uns ein wenig besser als die meisten hier, vor Jahren hatte Antonio bei einer Abendesseneinladung zu viel getrunken und angefangen zu weinen, ohne aufhören zu können. Es war ein eigenartiger Sommerabend gewesen, hell, traumgleich, meine Hand auf seinem Arm, sein Gesicht tränennass.

Vielleicht begriff ich es darum, als er mich ansah. Kein Zweifel. Er wusste es. Er wollte sehen, wie ich zurechtkam. Vielleicht fragte er sich, wie ich dem die Stirn bot, hier, in unserem Wohnzimmer und in meinem hübschen, dunkelroten Kleid. Ich trug Absätze, ich hatte mir die Haare gebürstet. Ich hatte Make-up aufgetragen, Wimperntusche, Lippenstift. Auf einer Party fällt dergleichen bei einer Frau nur auf, wenn es fehlt. Frankie beispielsweise, die in unserer Straße wohnte, war in den Jeans und dem T-Shirt gekommen, die sie an diesem Tag schon zur Gartenarbeit getragen hatte, und verströmte in einer Ecke der Küche unverkennbaren Schweißgeruch.

Aber Antonio konnte sehen, dass ich mich bemüht hatte, mich gut hielt, Mince Pies anbot. Er fragte sich, wie ich das machte. Ich entschuldigte mich, ging zur Gästetoilette. Dort konnte ich mir mit den Händen Luft zufächeln. Sollten Tränen kommen, ließen sie sich trocknen und mit kaltem Wasser vertuschen. Ich konnte mir die Hand auf den Hals drücken, sie zurückhalten. Vor der Tür warteten schon mehrere Frauen, Mütter aus der Schule.

Offenbar viel älter. Fünfzig oder so! Ich weiß ... wenn John jemals ...

Ich versuchte, auf dem Absatz kehrtzumachen – so nennt man doch eine rasche Umkehr, eine schnelle Flucht? Aber meine Absätze waren fünfzehn Zentimeter hoch. Ich konnte nur warten, mich an die Wand lehnen, hoffen, dass sie mich nicht sahen.

Warum machen sie überhaupt noch diese Party? Ich weiß nicht einmal ...

In diesem Moment blickte Mary auf, und obwohl ihr die Worte schon über die Lippen gekommen waren, legte sie sich die Hand auf den Mund, als wolle sie verhindern, dass sie allzu weit flogen. Ihr Gesichtsausdruck – Schadenfreude, Leidenschaft, fast so etwas wie Erregung, errötende Wangen, geöffneter Mund – verflog, ein Mime-Künstler wischte mit der Hand über ihr Gesicht und veränderte alles. Diese ganze Energie – das Leuchten, das ihre Haare hatte strahlen, die Augen sprühen lassen – flackerte über ihre Züge, ließ sie dann zu Mitleid schrumpfen.

Luce, wir haben gerade gesagt. Wir haben nur – wie geht es dir? Bist du – ok?

Sie streckte den Arm aus, als wolle sie mich umarmen. Eine Mutter – Mary hatte vier Kinder – bot mir Trost, eine Brust zum Ausweinen. Jemand kam aus der Toilette, ich ging an der Schlange vorbei und rief, als ich die Tür hinter mir zuzog:

Es geht mir gut, danke – bis gleich!

Ich ließ den Toilettensitz laut runterklappen, hörte durch die Tür, wie sie sich entfernten, leises Gemurmel, der Ton des Selbstvorwurfs verebbte, darüber schwebten weiterhin Kopfnoten des Skandalösen.

Wir lebten alle in unserer eigenen Version von Elternwelt, einem Ort, an dem nichts geschah. Wir streamten Serien, um uns zu erinnern, wie sich ein Leben anfühlte, in dem etwas passierte, in dem eine einzige Nacht das Leben völlig auf den Kopf stellen konnte. In unserer Welt waren Babys passiert, das war zumindest etwas. Aber kaum eine von uns hatte noch Babys oder auch nur ein Kleinkind, und wenn wir über diese Zeit sprachen, dann mit jener stillen Andacht, mit der die Alten über *den Krieg* sprachen, uns wurden die Augen feucht, wenn wir an diese Atmosphäre zurückdachten, die Körperlichkeit des Atems, das amorphe Verschwimmen von Zeit und Raum.

Die meisten von uns *pausierten* beruflich immer noch oder waren in den Dauerzustand eines schlecht bezahlten Teilzeitjobs hineingerutscht. Wir waren Jahre von der Reihe aufeinanderfolgender Scheidungen entfernt, die mit dem Teenageralter unserer Kinder einsetzen würde, wenn deren Aufbegehren uns auf körperliche, nicht zu leugnende Art und Weise an Welten erinnern würde, in denen etwas passierte. Aber derzeit waren die Familien stabil. Die meisten Männer in unserem Viertel hatten gut bezahlte Jobs und reisten viel. Die meisten Ehefrauen waren, trotz Berufsausbildung und Universitätsabschlüssen, das Elterntaxi und zählten die Tage, bis ihre Männer aus Stockholm oder Singapur zurückkamen. Wenn etwas hereinbrach – Krankheit, Tod, Scheidung –, war das wie ein Meteorit, als lande etwas aus dem All in unserem Leben.

Ich meinte mich an eine ähnliche Zeit in meiner Kindheit zu erinnern, stabile Gleichförmigkeit, nahezu identische Tage. Doch schon damals gab es Einschläge. In den ersten Grundschuljahren schoss sich der Vater einer Freundin in den Kopf. Es geschah in seinem Arbeitszimmer. Das wusste ich genau, vermutlich hatte meine Mutter es mir erzählt. Die Reaktion in der Schule war getuscheltes Mitleid, *arme Vicky*, das Gefühl drohender Tragik. Die Reaktionen zu Hause waren finstere Wutausbrüche, Momente der Fassungslosigkeit, die alles beeinträchtigten. *Egoistischer Scheißkerl*, sagte jemand. Ich erinnere mich an die Kacheln in der Küche und an diesen Satz, sie verbanden sich miteinander, die gelbe Rundung der Kachelblumen war plötzlich egoistisch, ihre quadratische Form ein Scheißkerl.

Ich hörte in der Toilette, wie draußen jemand eine andere CD auflegte, Weihnachtsmusik. Mary fragte laut, ob sie den Glühwein noch mal warm machen sollte. Sie rief meinen Namen, einmal, hielt dann inne, von Murmeln unterbrochen. Ich hatte meinen Wein in die Toilette mitgebracht; jetzt war er abgekühlt, ich kippte ihn runter. Ich pisste, obwohl ich nicht wirklich musste, nur um etwas zu tun, um zu spüren, wie sich kurz Erleichterung in meinem Körper ausbreitete. Ich stand auf, sah in den Spiegel. Wenn ich mir Wasser ins Gesicht spritzte, würde das Make-up abgehen. Die Wimperntusche würde verlaufen.

Ich hielt die Finger unter das kalte Wasser und legte sie dann unter die Augen, die Kühle beruhigte mich völlig.

Mir wurde klar, dass ich mich benahm, als hätte ich geweint. Ich – und alle anderen – hatten angenommen, dass ich dafür hierhergekommen war, weil ich allein sein wollte. Aber mir war mehr danach, mich auszuziehen, stundenlang zu duschen und dann, in ein Handtuch gewickelt, herauszukommen, die Haut weich und knittrig wie nasses Papier. Dann wären alle schon fort.

23

Als ich – etwa eine halbe Stunde später – aus der Toilette kam, schien es eine völlig andere Party zu sein. Wer noch da war – keine Mary, stellte ich fest, und kein Antonio –, war betrunken. Jemand hatte die Weihnachtsmusik ausgemacht und Hits der Neunziger aufgelegt, jetzt hing Nostalgie in den Räumen und mit ihr der Hauch bittersüßer, unwiederbringlicher Gefühle.

Im Garten standen Raucher zusammen und unterhielten sich mit hohen Kinderstimmen. Sie hatten vielleicht vergessen, dass Babysitter auf sie warteten, dass ihre Fünfjährigen mitten in der Nacht mit heißen Wangen in ihr Bett klettern würden. Sie wähnten sich noch in der Herumstehphase ihres Lebens, als Zeit noch keine nennenswerten Grenzen gehabt hatte, keine unverrückbaren Beschränkungen.

Jake war nicht dort. Ich überflog die Grüppchen mehrmals mit den Blicken, um sicherzugehen, obwohl es offenkundig war. Ich redete mit niemandem, was ihnen gar nicht auffiel, sie waren zu betrunken und zu laut. Ich ging ans Gartenende, setzte mich auf die modrige Holzbank, hörte sie unter mir knarren. Ich streifte die Schuhe ab und spürte das feuchte Gras unter den Sohlen meiner Strumpfhose. Der Sportplatz vor mir war völlig dunkel, der Himmel sternenübersät, unser Haus nur zur Hälfte erleuchtet, die oberen Fenster dunkel und geschlossen. An der Küchenwand drang Dampf in Wolken aus der Lüftung, als sei er frustriert und könne das Ende kaum erwarten.

Hinter mir hörte ich leise Geräusche, erst wie von einem Nagetier, dann eindeutig. Stöhnen, gestammelte Worte. Ein regelmäßiges, rhythmisches Rascheln. Ich ging zur Rückseite des Schuppens, drei Sekunden lang völlig sicher, was ich dort vorfinden würde. Irgendwie hatte er sie in unser Haus geschmuggelt, in unseren Garten, fickte sie wenige Meter von unseren schlafenden Kindern entfernt. Ich spürte sofort brodelnde Wut, einen kilometerhohen Energieschub. Ich spreizte die Hände stramm nach hinten und versuchte, möglichst gerade zu stehen. Meine Gedanken rasten schneller denn je, überschlugen sich, ohne Halt, nur diese unfassbare Geschwindigkeit, die Bereitschaft, zuzuschlagen.

Doch das Kleidergewirr hinter dem Schuppen hatte nichts mit uns zu tun. Marys Seidenkleid war bis zur Taille hochgeschoben, bauschte sich unvorhergesehen, während ihr Ehemann offenbar Mühe hatte, sie gleichzeitig festzuhalten und zu stoßen. Er wirkte eher, als versuche er sich an einer schwierigen Heimwerkeraufgabe als daran, *Liebe zu machen*, dennoch fuhren sie fort; Mary hatte den Kopf in seine Halsbeuge geschmiegt und machte fügsame, kleine Lustlaute.

Ich stolperte davon, die Hand über dem Mund. Das war eigentlich nicht komisch, solange man es nicht mit jemandem teilte. Und der Drang, es zu tun, war da, mit Schadenfreude, schulmädchenalbern. Als ich mich dem Haus näherte, sah ich, wie sich eine dunkle Silhouette aus der Rauchergruppe löste und sich mir näherte.

Was ist so lustig? Es war Antonio, die Hände in den Jeanstaschen, Ärmel aufgekrempelt. Ich spürte ein unwillkürliches Ziehen in mir, ein Straffen; ich senkte den Blick, als bliebe es so verborgen.

Nichts. Ich schüttelte den Kopf. *Es ist nur – geh nicht zum Schuppen.*

Die meisten würden sich nicht damit zufriedengeben und weiterbohren, bis man ihnen das Geheimnis erzählte. Aber Antonio hob nur die Augenbrauen, schürzte die Lippen, als errate er, was vorging, schien vage beeindruckt. Er hielt mir eine Packung Zigaretten hin, und ich nahm eine, beugte mich vor, damit er sie anzündete.

Ich wusste nicht, dass du rauchst.

Tue ich auch nicht, sagte ich und nahm einen tiefen Zug.

Er nickte, lächelte, und wortlos wandten wir uns vom Haus ab, dem Himmel zu. Unsere Arme berührten sich leicht, freundschaftlich, zwei Zuschauer bei einer Lightshow. *Wie wäre das?*, fragte ich mich. Ein anderer Mann, einer von Jakes Freunden. Eine einfache Art, ihn zu verletzen. Und möglicherweise obendrein lustvoll. Ich stellte mir vor, wie ich Antonio neben das Haus zog, wo uns niemand sehen konnte, ihm die Hände in den Nacken legte. Ich konnte fast fühlen, wie seine Finger an mir herabstrichen, in mich hineinschlüpften. Mit nur einem Schritt wären wir an den Mülltonnen, der Wertstofftonne, der blauen ...

Ungewollt lachte ich leise auf, stieß dabei etwas Rauch aus, einen Schwall in der kalten Luft.

Was? Er wandte sich mir zu.

Nichts. Ich atmete langsam aus. Ich spürte, dass er mich ansah, sein Blick prickelte auf meinem Gesicht wie eine Berührung.

Es geht dir offenbar gut, sagte er. *Trotz – trotz dieser Sache.*

Er wusste es also wirklich. Alle wussten es. Ich zog einen Wimpernschlag zu lang an der Zigarette, füllte die Lungen mit chemischem Rausch. Warum meinten alle, ich sei die Beschädigte, irgendwie defekt? Jake war untreu gewesen, was aber, wie ich feststellte, irgendwie ein schlechtes Licht auf mich warf. Bloß eine Hausfrau, nicht mehr. Nichts erreicht, keine Publikationen vorzuzeigen. *Dafür lohnt sich Treue nicht.*

Jake hingegen hatte den ganzen Abend lang entspannt gewirkt, mit Freunden gelacht, sich das Haar aus den Augen gestrichen. Ich dachte immer noch – ein letztes Mal – daran, die Hand nach Antonio auszustrecken. Ich spürte, dass er mitmachen würde. Aber Jake. Was würde Jake fühlen? Er war noch nie eifersüchtig gewesen. Ich konnte mir vorstellen, dass er bloß die Schultern zucken, sogar lächeln würde.

Schön für dich, Luce, würde er vielleicht sagen; vielleicht würde es ihn überhaupt nicht verletzen.

24

Als Antonio und ich ins Haus kamen, waren die Ersten am Gehen, und sie waren so betrunken, dass auch der letzte Rest Höflichkeit verschwunden war:

Wo ist Jake? Sag ihm, er soll sich verpissen, wenn es dir hilft (das geflüstert). *Arschloch. Wissen die Kinder davon?*

Bei dieser Frage schossen meine Augenbrauen in die Höhe. *Aber natürlich*, hätte ich am liebsten gesagt. *Wir haben Paddylein und dem lieben Ted genau erzählt, wie mein Ehemann angefangen hat, nach Feierabend in Hotels seine Kollegin flachzulegen. Und einmal, haben wir ihnen gesagt, hatte Papi sogar Sex im Zugklo! Ist das nicht fantastisch?*

Auf Wiedersehen, sagte ich stattdessen und blickte ungerührt und heiter. *Kommt gut nach Hause, bis bald*; ich beherrschte die Rolle der liebenswürdigen Gastgeberin, wirkte wirklich traurig, dass sie gingen.

Mary war die Letzte; nach dem Sex wirkte sie körperlich überreizt und verquollen, als habe sie wegen eines zahnenden Babys die ganze Nacht nicht geschlafen. Tatsächlich kannte ich sie auch in diesem Zustand, es war ein treffender Vergleich, die Haare aufgelöst, die Kleidung verrutscht. Als sie weg war, knipste ich die Lichter aus, schloss ab und ging zügig an dem ganzen Partychaos vorbei, ohne auch nur ein einziges Glas oder eine angebissene Pie wegzuräumen.

Ich ging nach oben; ich hatte allen gesagt, dass Jake sich dort *kurz hingelegt* habe. Als ich am Badezimmer vorbeikam, sah ich durch das Fenster, wie der Sportplatz mit der Nacht verschmolz, vom Himmel kaum zu unterscheiden, ein schwarzer Streifen, der geschmeidig auf den Morgen zusteuerte. Wäre Jake weg, dachte ich, könnte ich das ertragen, ich könnte so klar sein wie dieser Anblick, mühelos und selbstsicher weitermachen.

Das Licht in unserem Zimmer war aus, Jake ließ sich gerade noch ausmachen, er lag auf der Seite. Ich wusste, dass er wach war: Sein Atem war nicht zu hören, aber im Zimmer knisterte Wachheit.

Meine Güte.

Ich ließ mich ächzend aufs Bett fallen.

So eine Party machen wir nie wieder, ok?

Meine Stimme klang normal, ruhig. Genau das hatte ich auch schon nach anderen Partys in anderen Jahren gesagt, und ich wusste es. Jake drehte sich im Bett um, er trug noch immer Jeans und Hemd, und sah mich an. Ich vermutete, dass er sich über diese Worte und diesen Ton wunderte. Kein Fluchen, keine Vorwürfe. Und was noch besser war: Ich hatte von der Zukunft gesprochen. Das Thema Zukunft war in letzter Zeit verboten gewesen. Unsere momentane Realität war eine verzerrte Form von Achtsamkeit, keine Zukunft, unendliche Gegenwart, aber auch unendliche Vergangenheit, voller Lügen, Halbwahrheiten, einem Dutzend Varianten derselben Geschichte.

Genau, sagte er. *Nie mehr. Ich habe es nicht mehr er-*

tragen. Er hatte den Kopf auf die Hände gebettet; im Zwielicht wirkte seine Haut völlig glatt, matt glänzend, wie die Oberfläche eines fernen Planeten.

Ich habe Mary und Pete hinter dem Schuppen beim Sex erwischt, sagte ich, und wir lachten. Wir hatten schon lange nicht mehr zusammen gelacht. Waren nicht einmal in die Nähe gemeinsamen Gelächters gekommen. Jake streckte seinen Arm aus, als wolle er ihn mir auf die Schulter legen. Ich zuckte zurück, nach zu viel Glühwein und einem unzureichenden Abendessen aus ein paar Kanapees und Süßigkeiten war meine Bewegung grob und fahrig.

Nein. Ich zitterte leicht, als schüttelte ich ihn ein weiteres Mal ab.

Es folgte eine lange Stille, ich saß auf der Bettkante, meine Füße berührten gerade so den Boden, Jake schwieg und lag immer noch auf der Seite. Ich merkte, wie ich darauf wartete, dass er nach unten ging und sich das Sofa zurechtmachte. Ich wollte wieder die Leere des Raumes fühlen. Mich ausruhen. Ich sagte nichts, hörte Sprungfedern quietschen, als er aufstand.

Ich habe dich und Antonio im Garten gesehen. Er lachte kurz auf. *Was machst du da?*

Diese Frage schien mir unbeantwortbar, ohne Beziehung zu irgendetwas, das ich hätte wissen können, als hätte er mich gefragt, an welchem Tag die Welt untergehen oder ob es in einem Monat regnen würde. Ich dachte an die vielen Blicke auf der Party, wie sie mich gemustert hatten. Und jetzt lag er hier und versteckte sich vor all dem. Und nun, in diesem Moment, schien er sich dafür nicht einmal zu schämen. Wirkte sicher und ruhig, wollte mich anfassen.

Ich wäre fast aufgestanden, fauchend, wutschnaubend. Stattdessen sah ich ihn direkt an.

Ich glaube, er hat ein Auge auf mich geworfen. Vielleicht werden wir ...

Eine weitere Stille; sie wirkte lang, dauerte aber vermutlich nur ein paar Sekunden.

Ein Auge auf dich geworfen? Das glaube ich nicht, Luce. Er ist sehr glücklich mit Jen.

Jen war eine schlanke, blonde Yoga-Enthusiastin, aus der drei Kinder offenbar mühelos und ohne erkennbare körperliche Veränderungen herausgeflutscht waren. *Natürlich.*

Du glaubst, ich kann nicht, was du kannst, oder? Du glaubst, ich bleibe einfach hier zu Hause, flenne bloß noch rum und tue mir leid?

Na ja, das kannst du jedenfalls ziemlich gut. Er stand an der Tür und wollte gehen, ausgerechnet jetzt, da ich ihn hier haben wollte, auf ihn losgehen wollte, immer und immer wieder. Die Fäuste gegen ihn stemmen. Etwas tun – irgendwas –, um dieses Gefühl loszuwerden; der ganze Körper war voll Galle, nein, mehr noch, so viel Gallensaft, dass dafür in einem einzelnen Menschen, unter einer einzigen Haut kaum genug Platz war. Die Menge schien grenzenlos, als könne sie aus mir herausschwappen, das Haus überfluten, unsere Möbel fortschwemmen, die ganze Welt bedecken.

~

Was ist eine Harpyie? Diese Frage habe ich mir selbst immer und immer wieder gestellt.

Widernatürlich wurde sie genannt. Andere Bezeichnungen: die Räuberin, der Gestank, der Sturmwind, die Schnellfliegende, die Sturmfüßige. Hässlich. Hungrig. Faulig.

~

25

Danach schlich ich stundenlang durchs Haus und fühlte mich hellwach. Was machst du da?, schien das Haus, wie Jake, zu fragen. Aber diesen Räumen und diesen Wänden zu antworten, fiel mir leichter. Ich strich mit der Hand über die Arbeitsplatten, spürte die Glätte und Dicke des Sicherheitsglases. Das alles kannte ich so gut.

Ich kannte die einzige Stelle, an der man die Nachbarn so gut hören konnte, als seien sie im selben Raum, jedes Wort ihrer Gespräche, merkwürdig fade, als wüssten sie, dass sie belauscht wurden. Ich wusste, wie es sich im Schlafzimmer der Jungs anfühlte, wie sich die Luft veränderte, wenn sie nicht da waren, wie sich die Luft herabsenkte wie Staub und mit jedem Gegenstand in diesem Zimmer verband.

Und im Gegenzug sah mich das Haus so, wie ich war. Nicht so, wie ich geworden war: eine durchschnittlich aussehende Frau in den Dreißigern. Nichts dergleichen.

Ich tue, was wir vereinbart haben, flüsterte ich laut. *Ich muss etwas tun.*

Das konnte doch nicht bis nach Weihnachten warten. Das wirkte jetzt wie eine kurzlebige Illusion, eine Scheinwelt der bunten Lichter, der in Geschenkpapier eingewickelten leeren Schachteln.

Ich ging, so leise ich nur konnte, ins Wohnzimmer – Jake hatte einen sehr leichten Schlaf –, meine Zehen quietschten auf den Dielen. Ich klaubte sein Telefon vom Couchtisch, es war im Flugmodus. Er war viel vernünftiger als ich, er würde niemals mitten in der Nacht durch soziale Medien oder E-Mails scrollen. Er bewegte sich, drehte sich um, bewegte den Mund und murmelte etwas Unverständliches, der Raum war schon stickig von seinem Schlaf, dem Geruch, den Männer nachts ausdünsten.

Ich ging auf Zehenspitzen fort, das Telefon begann, in meiner Hand zu schwitzen.

~

Die Harpyie ist Expertin im Stehlen.

Sie wurde immer ausgeschickt, um Verschwinden heraufzubeschwören, um dafür zu sorgen, dass Dinge nicht existierten. Kostbarkeiten, Menschen, das Essen auf ihren Tellern, Bissen, die sie gerade zum Munde führten.

Sie fährt herab wie eine Sturmbö: nimmt alles fort.

~

Es ist das zweite Mal. In der Nachbarschaft geht eine andere, größere Weihnachtsparty zu Ende. Es gibt ein Feuerwerk, ein Amateurspektakel, ein unregelmäßiges Aufflackern hinter den kahlen Ästen des Gartens. Das stille Gras, der stille Sportplatz; die Welt im Tiefschlaf, aber ihre Menschen sind wach, schleudern Feuer in den Himmel, versuchen, ihn zu erhellen.

•

Ein paar Minuten lang schaue ich nur den bunten Blitzen zu: Ich tue nichts. Versuche nicht einmal, den Code in Jakes Telefon zu tippen. Halte es in der Hand, unbelebt, wie ein großer Kieselstein, glatt, rundum poliert von Jahren im Meer.

Im Zimmer herrscht völlige Dunkelheit, alle paar Minuten tauchen aufblitzende Lichtkaskaden den Kühlschrank, meine Beine, das Fensterbrett mit den Kräutertöpfchen in bleiches Licht. Irgendwo gibt es Jubel und diesen wilden, schrillen Tierschrei, den Teenager zu bestimmten Nachtzeiten ausstoßen.

Wenn das Licht kommt, fühlte es sich jedes Mal erst wie

ein Geschenk an, eine Segnung durch Gott oder das Universum, dann wie eine Warnung, wie das alles überblendende Licht einer Katastrophe. Fast schon *Weihnachtstag*.

Ich drehe das Telefon um, dessen ruhiges Licht so anders ist als das Feuerwerk, fast freundlich. Jakes Mutter hat eine Nachricht geschickt, die ich nur zum Teil lesen kann. Das Telefon ist gesperrt. Ich probiere verschiedene Zahlenreihen aus. Geburtstage, seinen, Teds, Paddys. Ich versuche es mit unserem Hochzeitstag.

Noch ein Versuch, teilt mir das Telefon mit, in der Dunkelheit, meinem einzigen Gefährten, haben die Worte etwas Menschliches.

09. 10. 84. Mein Geburtstag. Das Telefon entsperrt sich, alle Funktionen sind da, verfügbar. Ein paar Sekunden lang mache ich nichts, lasse den Augenblick auf mich wirken, achte auf seine Beschaffenheit. Ich bin müde; meine Augenlider sind schwer; ich denke daran, ins Bett zu gehen, schlafen zu können, und sei es nur für eine Stunde oder zwei. Ich könnte das Telefon jetzt ausschalten, es neben den schlafenden Jake zurücklegen.

Aber ich denke an seinen Schlaf, seine kindliche, zufriedene Ruhe. An die Frauen auf der Party, an Marys Gesicht, als sie sich auf der Straße zu mir dreht. Antonio: Mitleid, kein Begehren, jetzt erkenne ich es, vor meinem inneren Auge sehe ich wieder, wie seine Züge bei meinem Anblick weich werden.

•

Ich öffne die Foto-App, finde lange nichts. Genauer gesagt: Da sind die Jungs, unsere Jungs, die aufgehenden Blüten ihrer Gesichter, die mysteriöse Verkürzung ihrer Beine, umgekehrtes Wachstum, auf dem Bildschirm wie Pflanzen im Zeitraffer, der Weg vom Schulalter bis zum unwiderstehlichen Krabbelkind. War uns damals eigentlich bewusst, wie schön sie waren? Wissen wir es jetzt?

Jetzt steigen Tränen hoch, tröpfeln auf den Bildschirm des Telefons. *Wasserdicht*, hatte Jake gesagt, als er es kaufte. *Wasserdicht bis zehn Meter*. Und ich hatte mir vorgestellt, wie Jake sich, Smartphone in Händen, als Taucher in die Tiefe des perfekten Ägäischen Meeres schraubt.

Ich wische mit dem Ärmel die Feuchtigkeit vom Glas, atme, bebend, in das Unwetter meines Weinens. Keine Fotos. Keine Beweise.

Dann sehe ich es. Ja, natürlich. Ein Ordner. Er heißt *Bilder Arbeit*. In einem letzten Moment aufkeimender Hoffnung stelle ich mir Mikroskopbilder von Bienen vor, ihren Honigsack, ihre pelzigen, schon lange toten Beinchen.

Stattdessen: Wie soll ich beschreiben, was ich sehe? Das ist das Ende meines Lebens, denke ich, das Ende des Lebens, wie das Ende der Welt in einem Kinderbuch, eine ebene Fläche, in die man hineinfallen kann, ein Wasserfall, der mich umschließt. Hier ist Vanessa, und Vanessa, und Vanessa, und Jake, und Jake und Vanessa, und Jake, und Vanessa und Jake. Sie ist nackt, natürlich, oder trägt nur einen Büstenhalter oder nur Unterwäsche. Er ohne Hemd, und nackt, und allein, und mit ihr.

Ich atme. Ich atme weiter, sauge Luft in meinen Körper, stoße sie wieder aus. Ich versuche, nicht zu schnell zu werden, nicht zu hyperventilieren. Das wäre jetzt nicht gut für mich. Ich wähle ein Foto: beide nackt, sie küssen sich, ihre Körper zu einem einzigen, widerwärtigen Körper verschmolzen, sichtbar von der Taille aufwärts, Jakes Arm hält die Kamera über seinem Kopf.

Ich klicke auf den winzigen Kasten, den winzigen Pfeil. Ich zittere, aber das ist egal. Der winzige Kasten, der winzige Pfeil. Zielen.

Die Optionen. E-Mail ist die letzte, die ursprüngliche. Die wähle ich, führe die Aktion aus, bevor ich mich daran hindern kann. Eine Körpererinnerung, eine automatische Geste, so einfach wie Fahrradfahren. Ich muss nur einen Buchstaben eingeben – f –, da ist es schon: fakultaetsmitglieder@. So einfach. *Senden. Mail gesendet.*

Rückgängig, schlägt mir das Telefon freundlich vor. *Rückgängig*. Aber ich mache gar nichts rückgängig. Ich lasse es laufen.

III

~

Wenn alle es erfahren haben, werden sie sagen, sie hätten es kommen sehen.

Sie werden über die Dinge sprechen, die ich getan habe: dass ich einmal lachte, weil die Strumpfhose einer Klassenkameradin an den Knien Falten schlug, lachte, darauf deutete, andere zum Lachen aufforderte. Liebhaber, die ich sitzen gelassen oder ignoriert habe. Hasserfüllte Dinge, die ich in mein Tagebuch geschrieben habe.

Wir wussten schon immer, dass sie so ist, *werden sie sagen und die Wahrheit fürchten. Nichts wussten sie.*

~

26

Es war ein wunderbarer Frühlingsanfang, der bezauberndste seit den Monaten nach Teds Geburt. In jenem Jahr hatte ich gedacht, dass die Welt nie mehr schön werden würde. Der Winter dauerte Jahre, ein endloser Kreislauf aus schlaflosen Nächten, stagnierenden, mich überfordernden Tagen. Beim ersten Kind war der Baby-Alltag wie eine bleierne Schläfrigkeit, eine Amnesie, bei der ich mich monatelang bereitwillig dem Kuh-Ich überließ, Gefallen fand am Scheißeabwischen, dem Milchfluss aus meinen Brüsten. Beim zweiten war es eine Kampfzone.

Meine Kaiserschnittwunde entzündete sich und eiterte, bis ich überzeugt war, dass mein Körper in der Mitte auseinanderbrechen und mich preisgeben würde. Ich konnte mich schwer damit abfinden, dass so viele mein Inneres gesehen hatten, der Chirurg, seine Assistentin, ihr Assistent. Sie hatten etwas von mir gesehen, das ich selbst niemals sehen würde, die genaue, unendlich persönliche Beschaffenheit meiner Organe, ihre besondere Form, ihre einzigartige Anordnung.

Mit dreißig glaubte ich, mein Leben sei vorbei und von all dem vereinnahmt, wovon es seit jeher hieß, dass es eines Tages kommen werde: Schmerz, Arbeit, Erschöpfung.

Doch dann sah ich immer mehr Vorboten des Frühlings – dämmrige Abende, aufgebrochene Erde, ein belebender Duft –, und ich entdeckte, dass sie echt waren. Man konnte sie benennen und die Namen blieben, sie hielten stand, als seien Objekt und Klang nicht getrennt. Ich sah einen Baum, dachte *Baum* und nickte. Ja, tatsächlich: Das war ein Baum. Ein mit rosa Schaum gesäumter Baum, ein absurder Anblick, und doch real, Baumteilchen schwebten zu Boden, rosenfarbener Schnee. Ich zeigte es sogar dem Baby, zeigte es Ted, deutete darauf und sprach für ihn: Baum. So machten wir weiter, lebten wir weiter. Vielleicht würde ich nie mehr jung sein. Aber ich war trotzdem am Leben. Ich war da.

Dieses Frühjahr, Jahre später, war ähnlich, ebenso klar in seinen Farben und ebenso überraschend. Ich hatte vergessen, wie gut es dem Haus tat, längere Zeit in ein wärmeres Licht getaucht zu sein. Wir hatten Osterglocken auf dem Küchentisch, etwas an ihrer Vertrautheit war lustig, die hängenden Köpfe wie maulige Kinder, wenn die Mutter sie anzieht.

Aber Jake nieste ständig. Er war jetzt viel mehr zu Hause; er war gegen fast alle Blumen allergisch und sah mich jedes Mal anklagend an, wenn er die Hand vor den Mund hielt und lautstark schnaubte.

Musst du die wirklich dauernd kaufen?, sagte er, die Stimme vom Papiertaschentuch gedämpft, das er sich vor das Gesicht drückte. Ich nickte, goss das abgestandene Wasser ins Spülbecken, knickte Stiele gegen Blüten, trug sie zum Gartenabfall. Kaufte am nächsten Tag neue.

Das war der Stand der Dinge; irgendwie war ich, zum ersten Mal in unserer Ehe, die ruhige, geradezu gehorsame

Ehefrau und Jake der wütende, knurrende Mann. Nachdem das Foto in der Welt war, hatte man ihn von der Arbeit suspendiert, es würde eine Untersuchung geben. Die ersten Reaktionen hatte er am zweiten Feiertag bekommen, die Antworten verzögert durch Truthahn, Christmas Pudding und Weihnachtslieder singende Knabenchöre.

Verdammt, Jake, was soll das?
Alles ok, Jake? Soll das ein Witz sein?

Er hatte sie mir vorgelesen, und seine Stimme war mit jedem Satz, jeder Bewegung seines Daumens lauter geworden. Es war fast eine Erleichterung. Den ganzen ersten Feiertag hatte ich gespürt, wie mein Geist immer unbeschwerter wurde, so leicht wie noch nie, seine Maschinerie katapultierte meine Bewegungen in den Schnellgang, das Herz drohte, mir aus der Brust zu springen.

Während die Jungs ihr neues Spielzeug aus der Verpackung rissen wie Verhungernde Brot, kommentierte ich das fortlaufend und mit hoher Stimme –

Was ist es denn, Ted? Was hat dir der Weihnachtsmann gebracht? Oh! Eine kleine Gitarre! Ist das nicht toll?

– während Jake filmte. Er filmte, obwohl wir beide wussten, wie unbefriedigend solche Videos waren. Wenn die Geschenke schon lange in der Ecke lagen, würde die konservierte Erregung des Tages nur noch unangenehm und gestellt wirken. Meine Stimme in diesen Aufnahmen war die schlimmste Facette meiner selbst, die ich mir vorstellen konnte, widerwärtig süßlich, einschmeichelnd, als flehte ich meine Söhne an, die Geschenke zu mögen, die wir für sie gekauft hatten.

Ich hatte versucht zu vergessen, was ich an dem Abend, nachdem die ersten Nachrichten eingetrudelt waren, gehört hatte. Ich war erschöpft zu Bett gegangen, hatte mich mit den Händen am Treppengeländer hochgezogen. Im allerersten Moment dachte ich, es seien die Kinder. Die erstickten, melodischen Laute von Weinen im Bett, ein geöffneter Mund an feuchtem Bettzeug. Ich blieb stehen und lauschte. Dann begriff ich, dass es Jake war. Er schluchzte, machte immer wieder das gleiche Geräusch.

Vanessa sei nichts passiert, ließ er mich an einem Abend wenig später wissen. Er sprach durch das Gatter seiner Finger, die Hände auf dem Gesicht, die Wut so ungeheuer, dass ich – zum ersten Mal, seit ich ihn kannte – fürchtete, er könne mich verletzen, mich gegen die Wand pressen, ich hatte einmal gesehen, wie mein Vater das mit meiner Mutter gemacht hatte, er quetschte ihre Handgelenke und hinterließ Male, die sie am folgenden Tag verdeckte, indem sie die Ärmel über die Hände zog.

Es war mein Telefon, sagte er. *Meine E-Mail-Adresse. Es sah aus, als – als hätte ich es absichtlich getan, um mich an V. zu rächen.*

V.? Ich konnte nicht umhin. Ich hatte noch nie gehört, dass er sie so nannte. *V.?*

Er hob den Kopf, und da sah ich es: Was ich dachte – die vielen Facetten meiner Empörung –, war kaum noch von Bedeutung. Ich war dadurch nicht im Vorteil; es hatte kein Gewicht. Nicht mehr.

Damit das klar ist, sagte Jake, als kenne er meine Gedanken. *Das ist jetzt vorbei, ok? Schluss mit diesem Drei-Mal-Quatsch, Ende. Du bist zu weit gegangen.* Jetzt lachte er fast, schaute zur Decke. *Verdammt noch mal, Lucy. Ich könnte meinen Job verlieren. Begreifst du das? Wie sollen wir die verfluchte Miete zahlen?*

Jetzt ist es so weit, dachte ich. Er stand vom Sofa auf. Ich spürte ein Zittern am ganzen Körper, etwas zwischen grenzenloser Angst und einer leichten, kaum wahrnehmbaren Erregung. Aber: *Erregung.* Ich registrierte das, wollte später darüber nachdenken. *Hatte sich meine Mutter so gefühlt?* Er kam auf mich zu, ich machte einen Schritt zurück.

Jake, ich –

Aber er schlug mich nicht. Er rührte mich nicht an. Er ging einfach weiter in die Küche und ich hörte, dass er den Wasserkocher anstellte. Nur das. Ein Klick, eine banale Alltagsgeste. Das Wasser würde kochen und das Leben würde weitergehen.

Sein Leben würde weitergehen. Ich war diejenige, die das schlimmste Vergehen begangen hatte, darüber herrschte jetzt Einigkeit. Ich schlief nur noch in Halbstundenphasen, es reichte nicht einmal für einen Traum. Stattdessen lag ich wach und grübelte darüber nach, wie es dazu gekommen war. Ungläubig drehte und wendete ich die Phasen, die Entwicklung, den unbegreiflichen Gang der Dinge im Kopf. Ich war eine jener Frauen geworden. Eine von denen, über die ich gelesen hatte, die der Welt entglitten waren und jetzt in ihrer eigenen Sphäre der Verachtung existierten. Ich begann zu ahnen, dass meine Hände nicht mehr meine waren. Sie gehörten jetzt einer anderen. *Mrs Stevenson*, möglicherweise. Der Frau, die Jake geheiratet hatte, die Ehefrau und Mutter geworden war und nie mehr ein richtiger Mensch sein würde.

27

Die SMS kam während des Abendrituals, beim Baden, Jake saß neben der Wanne, die Augen vor Erschöpfung gerötet, die Tränensäcke geschwollen. Ich bemerkte die Leerstelle, wo einmal mein Mitgefühl mit ihm gewesen war, der Wunsch, zärtlich sein Gesicht zu berühren, seine Augen zu küssen. Stattdessen war da erst nichts und dann eine geradezu beängstigende Beobachtungsgabe. Ich *sah* Jake, in allen unglaublichen Einzelheiten, jedes Haar auf seinem Kopf, jede Pore seiner Haut. Mein Sehvermögen glich dem Makro-Objektiv einer Kamera; ich konnte so nah heranzoomen, wie ich wollte, ohne mich zu bewegen.

Ich schälte gerade Teds Unterhosen aus seiner Trainingshose, als es piepte, ein verheißungsvoller Ton, der – in Wahrheit – so oft Nachrichten von einer Gruppe ankündigte, der ich nicht mehr angehörte und deren Mitglieder vergessen hatten, mich aus ihrer Liste zu entfernen. Oder Anfragen der Schule; Bitten, Kuchen zu backen, Suche nach Freiwilligen, nach Frauen mit Zeit.

Aber das war etwas anderes. Unbekannte Nummer, statt eines Profilbilds ein Farbwirbel. Ein Gemälde.

Davis Holmes. Ich würde gern mit Ihnen sprechen. Könnten wir uns treffen?

Mein erster Impuls war, es Jake zu erzählen. Das macht die Ehe mit einem, sie entgrenzt einen, selbst in einer Situation wie der unseren, in der wir kaum miteinander sprachen, von Berührungen ganz zu schweigen. Unsere Kommunikation beschränkte sich auf das absolut Notwendige: Grundinformationen zur Gesundheit und Sicherheit unserer Kinder, über Lebensmittel, Abholzeiten oder Krankheiten. Sonst nichts.

Dennoch wandte ich mich ihm zu, das Telefon in der Hand. Ich bewegte mich noch, als auch Paddy sich bewegte, er griff nach einer Tasse, die seit Längerem am Badewannenrand stand, und schüttete seinem Bruder eiskaltes Wasser über die Schultern. Ted schrie laut auf und schluchzte los. Die Jungs stritten in letzter Zeit häufiger, waren seit Kurzem in einer Phase, wo jede Alltäglichkeit – die Farbe einer Tasse, in welcher Reihenfolge sie durch eine Tür gingen – zu plötzlich ausbrechenden Feindseligkeiten führen konnte.

Jeder Gedanke daran, Jake davon zu erzählen, verlor sich angesichts von Paddys und Teds Wut, ihrer in heizkörperwarme Handtücher gewickelten, kleinen Körper, ihres anschließenden, konzentrierten Lauschens altersgemäßer, pädagogisch wertvoller Lektüre. Keine Stunde unseres Tages war länger und keine voller, unsere Kinder kletterten auf uns, schmiegten sich immer enger an uns, als wollten sie in uns hineinkriechen, die Trennung zwischen ihren und unseren Körpern aufheben.

Ted konnte nur wenige Wörter am Stück lesen und war

bald zu müde, um überhaupt zu lesen, er ließ seinen Kopf auf das Kissen fallen, schloss die Augen, öffnete sie gleich wieder.

Mami, du sollst lesen.

Anfangs konzentrierte ich mich noch auf *Biff und Chips* letztes Abenteuer, auf den strahlenden Zauberschlüssel und das Seeungeheuer, dessen Umrisse Ted mit den Fingerspitzen schläfrig nachzog. Aber nach wenigen Sätzen merkte ich, dass ich gleichzeitig lesen und denken konnte. Mund und Augen funktionierten unabhängig voneinander, meine Gedanken konnten zur Nachricht in meinem Telefon zurückkehren.

Welchen Grund mochte David Holmes haben, mich treffen zu wollen? Ich versuchte mich an sein Aussehen zu erinnern, sah aber nur Bruchstücke: einen braunen, weiß gesprenkelten Bart. Schmale, blasse Augen – vielleicht hatte er nur im Licht geblinzelt. Von Jake wusste ich, dass er ebenfalls Wissenschaftler war, im gleichen Fach wie er und Vanessa, Professor an einer renommierteren Universität als der ihren. Jetzt fiel es mir wieder ein: diese Aura der Selbstgefälligkeit – auf unserer Weihnachtsparty, bei irgendwelchen Institutsveranstaltungen –, der Eindruck, dass er an solchen Orten nichts erleben könne, das über einen flüchtigen Zeitvertreib hinausginge, eine Trivialität, die die Tiefen seiner Existenz nicht berührte.

Ted gähnte, ich gestattete mir, mich vorzubeugen und ihn auf die Wange zu küssen, die schwere, köstliche Süße zu riechen, die sich in seinen Haaren und hinter seinen Ohren staute.

Gute Nacht, mein Schatz. Noch ein Kuss auf die Stirn. Genug, sagte ich mir. Mir schien, dass ich meine Kinder zu oft küsste. Ich musste das einschränken, sie sein lassen.

Beim Verlassen des Zimmers zog ich das Telefon aus der hinteren Jeanstasche. Ich wollte die Nachricht löschen, bevor Jake sie sah und böse wurde. Sie wäre weg, so schnell nicht-passiert wie die E-Mail, die ich geschickt hatte, passiert war; Moment-Entscheidungen, mehrere Leben durch ein kurzes Tippen verändert, das kaum mehr war als das Zucken eines Lids.

Ich ging direkt in die Küche, stellte mich in das kalte Licht des Kühlschranklämpchens. Oben hörte ich Jake, der Paddy vorlas, seine Stimme bildete ein stetes, gleichförmiges Geräusch. Ich griff nach einer Schüssel, die mit einem Teller abgedeckt war, nach etwas anderem unter einer Klarsichtfolie. Seit einiger Zeit aß ich ein zweites Mal zu Abend, Übriggebliebenes, Reste, die ich mir, ohne Besteck, im Stehen in den Mund schob, eines nach dem anderen, alles durcheinander.

Das war ein ganz neuer Hunger, einer, der mich dazu brachte, ein Stück Käse in die Hand zu nehmen und hineinzubeißen, wie in einen Apfel. Ich leerte alle Resteschüsseln im Kühlschrank, schaufelte esslöffelweise mayonnaiseschäumenden Thunfischsalat in mich hinein. Nicht nur mein Denken hatte sich beschleunigt, sondern offenbar auch mein Mund, mein Hals, mein gesamtes Verdauungssystem. In jenen Tagen war ich immer leer, ein weit offener Raum, der gefüllt werden wollte.

~

Als Kind beging ich einmal den Fehler, jemandem davon zu erzählen. Flügel, *erwähnte ich,* eine Frau.

Ah, *sagte mein Gegenüber mit nur leichtem Spott in der Stimme.* Ein Schutzengel!

Einmal in den Nachrichten: Ein Skelett mit Flügeln. Ein Beweis, *sagten die Leute. Für Engel oder etwas anderes. Es zeigte sich aber, dass es ein Gemetzel gewesen war und kein Wunder. Hühner, Hände, die in einem dunklen Schuppen arbeiten, aus den Toten etwas anderes machen wollen, versuchen, sie zum Auferstehen zu bringen.*

~

28

Paddy hatte in wenigen Wochen Geburtstag, das türmte sich, trotz allem, vor mir auf, ein entfernter Markstein, dessen Einzelheiten noch nicht auszumachen waren. Eine große Feier war kaum zu finanzieren, schien aber unumgänglich; wie sonst konnten wir sichergehen, dass er glücklich war, nicht zum Außenseiter wurde? Ich hatte die Einladungen vor dem Ende des Schuljahrs verschickt und gehofft, dass die meisten wegen der Osterferien absagen würden. Es war inzwischen üblich, die ganze Klasse einzuladen, mindestens dreißig Kinder, und einen Raum samt Entertainer zu mieten. Bei diesen Unternehmungen ging es offenbar nicht darum, Spaß zu haben; die Kinder waren oft nervös und ängstlich, die Eltern bestenfalls erschöpft, schlimmstenfalls traumatisiert und verteilten mit zitternden Händen Geschenktüten aus Recyclingpapier.

Ich verbrachte viel Zeit online in einem Café am Fluss, gab vor, zu arbeiten, kaufte aber in Wahrheit im Netz Sachen für eine Piratenparty. Becher, Strohhalme, Tischtücher, Luftballons, Seifenblasen, Stifte, kleine Wasserpistolen, Kerzen und winzige Jo-Jos, jedes mit einem anderen Piratenbild auf der Außenseite. Ich durchforstete das Internet, suchte und verwarf Optionen schneller und effizienter als je zuvor. Ich spürte förmlich, wie sich hinter meinen Augen Kraft ballte, zuckrige Energie, ein Anstieg in vertikaler Linie.

Manchmal konnte ich an nichts anderes denken. Nachts im Traum sah ich Papageien, Riesenschiffe mit Drachenköpfen, einen Sprühregen goldener Schokoladentaler. Tagsüber vernachlässigte ich meine Arbeit; Kunden schickten immer häufiger knappe E-Mails, Höflichkeitsfloskeln, die als Geschütze gemeint waren, Formulierungen, die verletzen sollten.

Wir sind enttäuscht, dass … Wir hatten erwartet … Wir hatten die Hoffnung …

Immer «wir», selbst von Kunden, die zuvor «ich» geschrieben hatten. Verletzen, schloss ich daraus, fiel leichter, wenn man sich in Gesellschaft wusste. Ich merkte, dass mir die Arbeit aus den Händen glitt, fühlte mich aber außerstande, das zu verhindern. Dafür war mein Denken jetzt offenbar zu schnell. Es konnte jede Aufgabe nur rasch überfliegen und die offensichtlichsten Fakten erfassen.

Dennoch ging das Leben weiter, eine neue Spielart von Normal, ein Leben, an das wir uns schnell gewöhnten. Ich holte die Jungs immer noch jeden Tag von der Schule ab, obwohl Jake zu Hause war, wo er das Wohnzimmer mit Kaffeetassen und Müsliriegel-Verpackungen übersäte, wo er tippte, mit Kopfhörern, den Laptop auf den Knien. Ich nahm an, dass er arbeitete.

Ich bereitete weiterhin alle Mahlzeiten zu, lud und entlud Waschmaschine und Geschirrspüler, hielt Kontakt mit den Eltern von Ted und Paddys Freunden, kümmerte mich um ihre außerschulischen Aktivitäten, ihre Friseurtermine, Spielverabredungen, neuen Schuhe und Sehtests.

Manches blieb auf der Strecke, das Haus war oft unordentlich, vernachlässigt. Starrte mich verächtlich an. Aber ich ging zur Arbeit aus dem Haus. Kehrte zu mehr Arbeit zurück. Ich war brav.

Diese geistige Verfassung brachte auch eine neue Klarheit mit sich, als habe mein Denken jetzt mehr Frische, als werde sein Tempo zu etwas Schärferem, meine Wahrnehmung von Unnötigem entschlackt. Jahrelang war ich, wenn Jake am Wochenende mit den Kindern unterwegs war – im Park, vielleicht, oder zum Schwimmen –, absolut sicher gewesen, dass eines von ihnen sterben würde. Das wäre die Quittung dafür, dass ich Zeit für mich allein haben wollte, dass ich dies, egal wie kurz, der Gesellschaft meiner Familie vorzog. *Egoistische Mütter verdienen ihre Kinder nicht.* Das hatte ich einmal gehört, irgendwo, irgendwie, vielleicht auch gefühlt, vielleicht mit den Cornflakes geschluckt, hatte diese Botschaft hingenommen wie eine Stärkung, wie den Morgen. Als etwas völlig Natürliches, absolut Unausweichliches.

Eines Tages war diese Botschaft ebenso schnell wieder verschwunden, wie sie gekommen war. Ich sah die Jungs auf ihren Rädern das Haus verlassen und stellte mir nicht mehr vor, wie sie stürzten, wie ihre Schädel auf dem Pflaster barsten. Ich sah nicht mehr vor mir, wie Jake Ted im Schwimmbecken aus den Augen ließ, eine Sekunde nur, der Bademeister war gerade abgelenkt, und der dunkle Umriss eines kleinen Körpers unter Wasser sank.

Endlich begriff ich es: Es würde den Kindern mit großer Wahrscheinlichkeit gut gehen. Und wenn nicht, *wäre es nicht meine Schuld*. Ich begriff, dass normale Mütter offenbar so dachten. Jene, die *sehr glücklich* waren, mit ihrer geschmackvollen Garderobe und ihrem wöchentlichen Missionarssex. Ihren schicken Möbeln, der Mühelosigkeit, mit der sie ihre Seelen aufgaben, sie wortlos zur nächsten Generation weiterziehen ließen. All diese Mütter, die für sich selbst nichts mehr wollten und stattdessen beim Klarinettenkonzert ihrer Tochter und dem Schulabschluss ihres Sohnes schluchzten, Tränen echten Stolzes und nicht (wie es bei mir gewesen wäre) der heimlichen Trauer über ihr verlorenes Selbst und die Energie, die jetzt woandershinfloss.

Ich hatte es inzwischen sogar aufgegeben, Jakes Telefon zu überprüfen. Noch lange, nachdem ich die E-Mail verschickt hatte, hatte ich es unter seinem Kissen hervorgezogen, wenn er schlief, meinen Geburtstag eingetippt, ihren Namen gesucht, neue Fotos. Aber da war nie etwas, was ich nicht schon kannte. Ich lernte, das Telefon zu sehen und zu ignorieren, dem Bildschirm seinen Schlaf zu lassen, sein nichtssagendes Schimmern.

~

Die Harpyie hat offenbar nie Kinder gehabt. Hat nie ein Haus gekauft oder gemietet, Kissenbezüge ausgewählt oder aus Tausenden von Teppichen einen ausgesucht.

Sie kann auf den Flügeln schlafen, ihr Körper ist ihr Zufluchtsort, ihre Nägel sind gebogen, bereit zum Angriff.

~

29

Eines Nachmittags kam ich früher als sonst nach Hause; ich wollte etwas in den Ofen schieben, bevor ich die Jungs mit dem Auto abholte und zum wöchentlichen Schwimmunterricht fuhr. In der letzten Zeit hatte ich wieder nur die allereinfachsten Sachen gekocht, Berge von Nudeln, Tiefkühlpizzen, Tiefkühlpommes, Dosensuppen. Aber heute hatte ich eine Lammkeule, die ich langsam garen und mit Kartoffeln und gedünstetem Gemüse zubereiten würde. Jetzt war es an mir, Wiedergutmachung zu leisten. Jake etwas zu geben, wofür er dankbar sein konnte.

Als ich kam, war er nicht auf dem Sofa, wo er in diesen Tagen zu leben schien, abends legte er die Beine hoch und sah fern, Sendungen über den Weltraum, Aliens, Menschen mit minimal veränderten Gesichtern. Er hatte das Haus übernommen; dessen Loyalität galt jetzt ihm und nicht mehr mir, ich spürte es. Es roch nach ihm, selbst wenn er nicht da war. Aber als ich an diesem Nachmittag ins Wohnzimmer kam, war das Sofa leer und still, ohne ihn wirkte es auf merkwürdige Weise besiegt, das Polster hatte dort Dellen, wo er so lange gesessen hatte.

Ich ging in die Küche und erwartete, dass er, wie so oft, neben dem Wasserkessel stand, wie die Leute, mit denen ich während des Studiums ein Haus geteilt hatte, einen Mitbewohner, einen regelrechten Einsiedler, hatte ich überhaupt nur am Kessel erblickt, wo er Kaffee oder Nudeln kochte und sich dabei mit den Händen durch das fettige Haar strich. Aber da war Jake auch nicht. Ich ging die Treppe hoch, hob auf dem Weg Sachen auf, die Ted und Paddy gehörten, zwei Pullover, eine Socke, Teile eines aufgegebenen Puzzles.

Jake? Ich rief ins Dachgeschoss hoch.

Aber er war, mit einem Eimer weißer Farbe und breiten Pinseln, im Badezimmer und überstrich eine Buntstift-Krakelei, die Ted vor Jahren dort hingekritzelt hatte.

Hallo. Er drehte sich kurz um, dann wieder zur Wand. Er trug, was ungewöhnlich war, Jeans, alte Jeans, die er nur im Haus anzog, im Schritt zu weit, in der Taille mit einem Gürtel zusammengehalten. Ein abgetragenes T-Shirt, das Logo einer Band, die er vor fünfzehn Jahren gemocht hatte.

Dachte, ich tu mal was, sagte er, sah weiter die Wand an und betupfte mit dem Pinsel eine bereits makellose Ecke. Er atmete langsam aus. *Dauert noch Wochen bis zur Anhörung*.

Er betonte die beiden letzten Wörter, ließ sie ironisch klingen. Er werde, das hatte er mir schon gesagt, behaupten, dass ihm der Finger ausgerutscht sei und er die E-Mail versehentlich geschickt habe. Er würde mich raushalten. Falls – sobald – er zur Arbeit zurückkehre, das verspreche er mir, gebe es keine Vanessa mehr. Er werde sich aus den gemeinsamen Arbeitsgruppen und Komitees zurückziehen und ihr auf dem Flur aus dem Weg gehen.

Hör mal, Jake – ich wrang die Hände, suchte nach etwas, das ich ihm noch nicht gesagt hatte. Nicht *es tut mir leid*, das war, von uns beiden, schon so oft gefallen, dass es jede Bedeutung verloren hatte; es war so etwas wie ein Witz geworden, der jedes Mal höhnisches Gelächter auslöste.

Danke – das ging –, ich weiß nicht, ob ich es schon gesagt habe. Danke, dass du mich – dass du dazu stehst.

Dazu stehst?

Ich hatte es doch geschafft, das Falsche zu sagen.

Ich meine nicht – ich wollte nur sagen. Danke.

Dazu stehst, sagte Jake noch einmal, wiegte den Kopf, als wäge er die Formulierung ab, bewerte ihre Tauglichkeit.

So stimmt das wohl nicht ganz, Luce, oder?

Er legte den Pinsel ab und ging zum Becken, wusch sich die Hände. Jeans, Unterarme, Gesicht waren mit weißer Farbe besprenkelt. Er kam auf mich zu und ich hob ohne nachzudenken die Hand, um ihm einen Farbspritzer aus dem Gesicht zu wischen.

Blitzschnell stoppte er meine Hand in der Bewegung, hielt sie in der Luft. Ohne mir in die Augen zu sehen, küsste er mich, immer härter, seine Zunge in meinem Mund, jene Art Kuss, dem es nicht um Erwiderung geht. Er begann, mich rückwärtszuschieben, sanft, dann mit mehr Kraft, den Arm um meinen Rücken gelegt, während meine Beine sich synchron mit seinen bewegten.

Wo sonst ein Sich-Öffnen war, langsam oder schnell, sanft oder heftig, war nichts. Ich fühlte nichts, spürte kaum seine Hände, die mein T-Shirt hochschoben und grob eine Brust umfassten. So hatte Jake mich noch nie berührt. Als sei ich lediglich ein Körper.

Ich legte mich im Flur auf den Teppich, während er über mir an seinem Gürtel herumfummelte. Er küsste mich wieder, etwas zärtlicher, sah mir zum ersten Mal in die

Augen, als wolle er sich versichern. Ich nickte. Klar, dachte ich, das ist das Mindeste, was ich tun kann.

Während Jake sich über mir bewegte, blickte ich auf ein Poster an der Wand, es war alt, stammte aus seiner Wohnung an der Uni. Ich dachte an unseren allerersten Sex, anfangs etwas verlegen, bis die Leidenschaft groß genug geworden war. Es war eine Vollmondnacht; ich erinnerte mich, dass wir uns ausgezogen hatten und das bleiche Licht auf unsere Körper scheinen ließen, wie neu wir uns gefühlt hatten. Für einander, für die Welt.

30

Ich würde die Jungs von der Schule abholen und zum Schwimmunterricht bringen, so, wie ich war, wund zwischen den Schenkeln. Ich würde am Tor stehen, ein Gespräch über die neuen Spielplatzgeräte führen und mich fragen, ob sie es an mir riechen konnten. Wie viele hatten wohl ihre Kinder schon so von der Schule abgeholt, Sex an den Händen, in der Unterwäsche trocknend. Die Kleidung unter der Jacke zurechtzupfend.

Paddy und Ted kamen heraus, sie waren erschöpft und hungrig. Ich hatte die Snacks vergessen; wir mussten ins Geschäft gehen, wo ein angeleinter Hund laut bellte und Ted Angst machte. Ich kniete mich auf das harte Pflaster und nahm den uniformierten Körper meines Sohnes in die Arme. Er roch nach Schule, wässrigem Urin, außerdem gekochtem Fleisch und etwas wie Kohl. Er weinte, bis der Hund, immer noch bellend, von seinem Besitzer weggebracht wurde. Als ich Teds Ärmchen um mich fühlte, dachte ich an Jake, seine gedankenlos in mich hineingepressten Finger, als habe er vergessen, wie ich angefasst werden möchte. Ted drückte mir sein feuchtes Gesicht an den Hals, und ich fragte mich, ob er erahnen konnte, was da gewesen war, ob er das Männliche, seinen eigenen Papa, riechen konnte.

Das ist doch bloß ein Hund! Baby! Baby! Baby-Teddy. Teddy-Baby-Teddy-Bär, brüllte Paddy, das Gesicht verächtlich verzerrt, Tröpfchen sprühten auf seinen Mantel.

Daraufhin heulte Ted noch lauter, warf den Kopf zurück, gen Himmel, riss den Mund weit auf. Passanten sahen hinab auf uns und den Lärm.

Paddy, jetzt halt deinen – sei still. Du siehst doch, wie durcheinander er ist! In meiner Manteltasche fand ich ein altes Papiertaschentuch, tupfte Ted das Gesicht ab, versuchte, die Tränen aufzufangen, bevor sie fielen. Ich hätte die Jungs im Auto lassen können, wusste aber, welche Blicke ich dafür kassiert hätte.

Auf der Fahrt zum Schwimmbad – viel Verkehr, es begann, prasselnd an die Windschutzscheibe zu regnen – trat Paddy mit den harten Spitzen seiner Schulschuhe gegen die Rückseite meines Sitzes. Es waren stabile Stiefel, gute Qualität, wir alle zusammen hatten sie an einem Samstag gekauft, Paddy war damit stolz durch den Laden gestapft.

Er trat immer weiter, ganz regelmäßig, und fing jedes Mal wieder von vorne an, wenn ich ihm gesagt hatte, er solle aufhören, meine Stimme klang von Mal zu Mal wütender, angestrengter, dann brüchig, gesprungen.

Du bist gemein, Mami, brüllte er schließlich, setzte seine Wut meiner entgegen und landete einen besonders harten Tritt in meine Lendengegend. Ich schrie auf, der Schmerz fuhr mir durch den Rücken. Tief in mir pulsierte da, wo Jake gewesen war, noch ein Ziehen, eine Ermahnung. Ich spürte, dass Paddy recht hatte. Er wusste, was ich war.

Danach schwiegen beide ein paar Minuten lang, das Kommen und Gehen der Welt vor den Fenstern und das gleichbleibende Motorbrummen lullte sie ein in matte Tagträume. Aber als die Snacks aufgegessen waren, begann der Streit, dunkle Lärmkratzer quer durch die Stille, Gekreisch, auf das ich mit eigenem Kreischen antwortete.

Mami, der sagt, ich bin ein Stinkarsch!
Gar nicht wahr! Er lügt.
Hört auf. Beide. Hört auf, rumzuschreien.

Aber jemand stank wirklich. Jemand – vermutlich Ted – hatte sich nicht richtig abgewischt, im Auto hing der Geruch von verkrusteter, stundenalter Kinderscheiße und drang uns in die Nase, die Haare, unter die Nägel.

Das Gekreische ging weiter, gefolgt von aussichtslosen Schlagversuchen mit Armen, die zu kurz waren, um die Breite des Autos zu überwinden. Im Spiegel sah ich, wie Paddy versuchte, sich aus seinem Sitzgurt zu winden, unter der Halterung durchzurutschen, einen Arm hatte er schon in Richtung Bruder gestreckt, dessen Arme in dem Versuch, sich zu verteidigen, bereits wild herumdroschen.

Wir fuhren eine lange, ruhige Wohnstraße entlang. Es gab keine anderen Autos, keine Schwellen, nicht einmal Fußgänger auf dem Bürgersteig. Auf einem Laternenmast schüttelte ein Vogel seine Federn und neigte den Kopf. Ich schaute noch einmal in den Spiegel, sah, dass die Jungs übereinander herfielen, vor Anstrengung quietschten, ihre zornigen, hohen und klaren Stimmen füllten das Auto. Ich spürte, wie meine Wut wuchs, jäh vertraut, eine vernachlässigte Freundin. Meine Nägel bohrten sich in das harte Lenkrad, Schmerz durchzuckte meinen Kiefer, als ich die Zähne zusammenbiss.

Ich trat aufs Gaspedal und ließ den Fuß da, in der Brust fühlte ich die steigende Geschwindigkeit, die Fliehkraft drückte mich tiefer in den Sitz. Während wir schneller wurden, spürte ich mehr, als dass ich es hörte, wie sich Stille der Rückbank bemächtigte. Ich wusste, ohne hinzusehen, dass Paddy wieder unter seinem Gurt war und starr nach vorn blickte. Erst als ich fast das Ende der Straße erreicht hatte, hob ich sachte den Fuß und verlangsamte. Und erst als ich einige Sekunden lang nichts als gleichförmiges Schweigen hörte, warf ich einen prüfenden Blick zurück, ihre Gesichter im Spiegel waren reglos und fahl, sie nahmen weder das Tagträumen noch den Streit wieder auf, sie starrten vor sich hin, die Augen dunkel, die Blicke nicht zu entschlüsseln.

~

Sie ist eine schlechte Mutter, *könnten manche sagen.*

Aber: Ist eine Mutter ein Mensch, könnten sie fragen. Oder: nur von menschlicher Gestalt, jeder Körperteil am rechten Platz?

~

31

Ich traf David Holmes in einem Restaurant, in dem ich noch nie gewesen war; für mich ein Ort, für den man sich schick machen und sich wie die Witwen in amerikanischen Serien anziehen musste: in der Taille zusammengezurrte Kleider, hautfarbene Strumpfhosen, schwarze Lederstilettos. Ich konnte mir keine Gelegenheit vorstellen, für die ich hier einen Tisch reservieren würde, kein Geburtstag und kein Hochzeitstag konnten in mir den Wunsch nach den cremefarbenen Wänden und den stilvollen Zimmerpflanzen wecken, die die Fenster verdeckten, damit Passanten den Gästen nicht beim Essen zusehen konnten.

David hatte Ort und Zeit gewählt, ich hatte mich dazu nicht geäußert, ihm die Kontrolle überlassen. Es reichte offenbar, ein

OK. Wann? L.

zu senden – in einer weiteren schlaflosen Nacht, während sich die Stunden ohne Schlaf um mich sammelten wie ein schwarzes Meer, das Bett ein notdürftiges, schwankendes Floß in der Dunkelheit. Morgens musste ich nachsehen, ob ich das wirklich geschickt und die Nachricht nicht – wie schon so oft – nur gelesen, aber nicht beantwortet hatte. Ich hatte sie nie gelöscht, kehrte gern zu ihr zurück, wenn ich mich besonders rastlos fühlte, Angst bekam, dass sich meine Gedanken von mir losreißen und in die Luft vor dem Fenster entfliehen könnten. Sie beruhigten mich, diese Worte, sie ließen mich innehalten.

Er antwortete erst nach einigen Stunden. Vielleicht hatte er die Hoffnung aufgegeben, bedauerte, die SMS überhaupt geschickt zu haben. Oder war beschäftigt. Arbeitete. Ich versuchte, ihn mir in einem weißen Laborkittel vorzustellen, in einem vollen Vorlesungssaal vor Hunderten Studenten. Aber das war zu schwierig. Er war nur in Standbildern verfügbar, er hielt ein Glas mit billigem Institutswein in Händen, probierte, deutete eine Miene höflichen Missfallens an.

Jetzt fragte ich mich, ob ich ihn erkennen würde. Ich nannte einer modelgleichen Oberkellnerin seinen Namen, als handele es sich um ein Geschäftsessen. Sie streckte den jackettbekleideten Arm aus und deutete nach hinten. Natürlich: Er würde, trotz der schützenden Farne, keinesfalls in Fensternähe sitzen. Vermutlich kamen auch nur wenige seiner Bekannten an einen Ort wie diesen. Sie bevorzugten Restaurants in der direkten Nachbarschaft ihrer eleganten Erkerfenster-Villen. Wo sie die Kellner mit Namen kannten.

Ich sah ihn, bevor er mich sah. Er schien interessiert die Speisekarte zu lesen, und ich fragte mich, ob er einen dünnflüssigen, stark riechenden Brunch wählen würde, Eier Florentine, beispielsweise, bei denen ich dann zusehen musste, wie er sie in sich hineinschlabberte. Aber kaum war ich am Tisch, legte er die Speisekarte mit Nachdruck zur Seite. Er stand auf, lächelte mich mit geschlossenem Mund an, drückte mir kurz die Hand – die Haut kühl und trocken – und sah mir in die Augen, bevor er sich wieder setzte. Er war legerer gekleidet, als ich es bisher an ihm gesehen hatte, trug ein blassblaues Oxford-Hemd, kein Jackett, den Kragenknopf geöffnet. Und er war älter als in meiner Erinnerung; die Haut am Hals war locker und faltig, die Hände auf dem Tisch leicht behaart und voller Altersflecken. Er war mindestens zehn Jahre älter als Vanessa. Kein Wunder, dachte ich, bevor ich es verhindern konnte, dass sie Jake wollte, den straffen Körper, die immer noch kinderglatte Haut.

Ich senkte den Kopf, weil ich fürchtete, rot zu werden. Ich wusste, dass er mich musterte, die *betrogene Ehefrau*. Ich hatte die besten Sachen angezogen, die ich finden konnte, spürte aber, wie sich mein Bauch langsam über den Rand meiner Hose wölbte, meine Beine zu tief in das Leder des Stuhles sanken.

Sie finden es vermutlich eigenartig – dass ich Sie hergebeten habe.

Er sagte das nicht als Frage, sondern als sei er sich meiner Gefühle völlig sicher, als habe er sie bereits erwogen und für angemessen befunden. *Angemessen* war – vermutete ich – das höchste Ziel für Menschen wie David und Vanessa Holmes, Menschen mit geräumigen Schlafzimmern und winzigen Hypotheken, die in dem Glauben aufgewachsen waren, dass es für sie angemessen sei, das Leben zu führen, das sie führen wollten.

Ich nickte, nippte an dem Wasser, das schon eingeschenkt an meinem Platz stand.

Warum wollten Sie mich sehen? Ich hatte beschlossen,

keinen Small Talk zu machen, ich würde ihm nicht entgegenkommen.

Der Kellner näherte sich – David öffnete den Mund, um etwas zu sagen, schwieg aber, bis ich bestellt hatte, legte die Hände anders auf den Tisch, während ich um Tee bat. Er wirkte immer noch nicht nervös, tat offenbar nur das in diesem Moment Angebrachte. Ich hatte das Gefühl, dass er immer, in jedem beliebigen Moment, wissen würde, was zu tun war.

Ich habe – er räusperte sich; es war das Geräusch, das ich am Telefon gehört hatte. Ein lang gezogenes, feuchtes Grunzen. Mein Magen krampfte sich zusammen, erholte sich wieder.

Ich habe eine Bitte. Es geht um – nun ja – um einen Gefallen.

Ich hielt die Hand vor den Mund, was mir auffiel, als sein Blick kurz dorthin abstreifte. Ich nahm sie runter. Mir war kaum bewusst, was mein Körper tat, es war das Gegenteil von seiner Art, sich zu präsentieren, der Langsamkeit, mit der er seine Körperhaltung jeweils veränderte. Vielleicht hatte er das als junger Mann geschmeidiger getan, aber ich bezweifelte es. Ich hatte an der Universität mehrere Spielarten dieser Sorte Mann kennengelernt, Relikte aus einer anderen Ära, Männer, die sehr genau wussten, wie sie sich zu präsentieren hatten.

Ah ja. Ich runzelte die Stirn. Nur kurz. Konnte es nicht verhindern.

Der Kellner kam mit meinem Tee, fragte, ob David etwas wünsche – er nannte ihn *Sir* –, und kehrte dann in den vorderen Restaurantteil zurück, zu dem Licht von den Fenstern, das verblichen wirkte, entfernt, als sei es schon Vergangenheit.

Ich wollte Sie fragen, ob Sie mit Ihrem Mann – ich sah, wie er bei den letzten beiden Wörtern leicht zusammenzuckte – *über seine Arbeitssituation sprechen könnten. Darüber, ob es eine Möglichkeit gibt – eine Aussicht –, dass er* – ein weiteres Grunzen – *eine Stelle finden könnte. Anderswo.*

Auch das nicht als Frage. Ich begriff, dass es eher ein Befehl als eine Bitte war, was mir weniger wie eine neue Einsicht denn als die Bestätigung von etwas vorkam, was ich sowieso schon wusste: Selbstverständlich würde Professor David Holmes mich niemals wirklich um einen Gefallen ersuchen, sich mit einer echten Bitte angreifbar machen. Er konnte allerdings etwas von mir erwarten.

Für meine Frau, für Vanessa, ist das Ganze entsetzlich, müssen Sie wissen. Das Foto … ich weiß, dass sie nie etwas sagen würde. Sie käme keinesfalls mit einer solchen Bitte zu … oder zu Ihnen. Aber sie ist so glücklich da. Und sie hat es nicht geschickt, also …

Es war interessant, wie die Wut in Anwesenheit dieses Mannes kam und ging. Wie sie aufzusteigen wagte, tastend, um dann – weil sie nirgendwohin konnte, keinen möglichen Ausdruck fand – wieder in mir zu verschwinden, wieder aufgesogen wurde, stattdessen auf meine Hände überzugehen schien, auf ihr Zittern, ihre Unfähigkeit, die dünne Porzellantasse zu halten, ohne den Tee zu verschütten. Ich bemühte mich, wenigstens die Stimme stabil zu halten.

Weiß Vanessa, dass Sie hier sind?

Er schüttelte schnell den Kopf.

Nein. Das würde sie nur belasten. Es geht ihr besser – in letzter Zeit.

Sie bleiben also zusammen?

Zum ersten Mal sah ich Verärgerung aufscheinen, bevor er das unterdrücken konnte: die winzige Krümmung der Lippe, ein unwillkürliches Straffen der Haut um die Augen. Die Stimme, als er sprach. Mit einem kleinen Anflug von Ärger.

Nun, ja. Selbstverständlich. Ich glaube an – er nahm eine Serviette in die Hand, legte sie wieder hin, bewegte ein Bein; suchte einen kleinen Moment lang nach der angemessenen Bewegung.

Ich glaube an Vergebung. Sie auch, vermute ich? Gehässigkeit, ganz unverkennbar, Mund und Augenbrauen in gleichzeitiger Bewegung. Ganz kurz drohte mich eine Hitzewelle der Panik zu überrollen: Wusste er es? Ich schüttelte den Gedanken ab, sichtbar, bewegte den Kopf. Er konnte es nicht wissen.

Ach nein? Interessant, wirklich interessant, aber das geht mich nun wirklich nichts an. Seine Bewegungen waren wieder präzise, beherrscht. *Also, wie ich schon sagte, vielleicht könnten Sie vorschlagen* –

Ich stand auf, bevor ich wusste, was ich tat. Mein Stuhl kippte mit lautem Krachen um, das Geräusch unterbrach das elegante Klimpern des späten Vormittags. Aus dem Augenwinkel sah ich, wie David Holmes reagierte, genauer gesagt: es unterließ. Er blickte starr geradeaus, völlig reglos, als lerne er gerade etwas Neues und komme zu interessanten Schlussfolgerungen.

Er machte keine Anstalten zu helfen, sagte nicht meinen Namen. Ich konnte mir vorstellen, dass er *Wirklich schade* sagte und die Schultern zuckte. *Traurig für sie.* Noch am Eingang des Restaurants war mir, als ob ich ihn sehen und, ohne mich umzudrehen, die genaue Geste beobachten könnte, mit der er lächelnd den Kellner herbeiwinkte und um die Rechnung bat.

~

Ein Stück Zeit, zerbrechlich, glasklar.

Ich beobachte sie wieder: Sie entfernt sich von dem Restaurant, geht die Straße entlang. Es ist ein sonniger Tag; sie hebt die Hand und beschirmt die Augen, sieht das Licht durch ihre Handfläche dringen, edelsteinrot.

Die Welt um sie herum bewegt sich wie immer, ein Bienenstock unbekannter Leben. Niemand bemerkt, niemand ahnt – nicht einmal eine Sekunde lang –, was sie getan hat.

~

32

Als die Jungs noch klein waren, dachte ich oft daran, wegzugehen. Ich stellte mir das Bed and Breakfast am Meer vor, wo ich mich einmieten würde, wie morgens das Licht einfiele, als bemerke es meine Anwesenheit nicht einmal. Sogar die Gegenstände wären anders, stellte ich mir vor, Wasserkessel, Kissen, Duschköpfe, Schuhe. Nichts verlangte etwas von mir. Nichts brauchte mich.

Ich will Sonne!, jammerte Paddy am Morgen seines Festes. Der Tag hatte grau und kühl begonnen, und ich fragte mich, wodurch wir ihn zu dem Glauben verleitet hatten, dass wir das Wetter kontrollieren konnten. Vielleicht war das nur eine weitere Festvorbereitung, die ich versäumt hatte. War das Angebot für Vegetarier groß genug? Hatte ich genug Spiele geplant oder würden sich im Unterhaltungsprogramm grauenvolle Lücken auftun wie bei Paddys sechstem Geburtstag? Damals saßen fünfzehn kleine Menschen auf einem leeren Holzfußboden und starrten mich an. Zahllose Runden Stopptanzen, bevor die älteren, gescheiteren Kinder zu protestieren begannen.

Ich verbrachte den Morgen mit Saubermachen, Aufräumen, der Zubereitung von Sandwich-Dreiecken, dem Schneiden Dutzender Karotten- und Gurkensticks, die niemand essen würde. Man musste sie nur als Beweis dafür hinstellen, wie wichtig man es fand, dass Kinder Gemüse aßen. Ich arbeitete in professionellem Tempo, die Hände folgten ihrer eigenen Logik, schnitten, arrangierten, dekorierten, so schnell, dass sie vor meinen Augen fast verschwammen, sie kannten alle Abläufe instinktiv, vertraute, mühelos abrufbare Muster. Ich sah mehrfach auf – ob jemand bemerkte, wie schnell und präzise ich war –, aber da war niemand.

Wir hatten beschlossen, zu Hause zu feiern, um Geld zu sparen, aber ich hatte völlig vergessen, wie viel Arbeit das war, diese große, ständig wachsende Kluft zwischen unserem Haus in seinem Alltagszustand und einem Haus, das fremden Blicken standhielt. Es kamen zwanzig Kinder, unsere eingeschlossen, viel mehr, als ich erwartet hatte. Die meisten fuhren offenbar nicht in die Ferien; ich hatte mich bemüht, die Antwort auf jede Zusage begeistert klingen zu lassen. *Großartig*, simste ich mehrfach. *Paddy wird sich freuen.*

Jake verstand nicht, warum ich mir so viel Arbeit machte. Es kam mir so vor, als hätte er das Fest, wie schon die Weihnachtsparty, am liebsten ganz gestrichen, als wolle er, dass wir als Familie versiegelt blieben, ein luftdicht verschlossener Behälter.

Und du sagst Paddy, dass es ausfällt, ja?, schlug ich ihm vor, er zuckte nur mit den Schultern.

Ich bin sicher, er wird begeistert sein. Er sagte das in einem freundlichen Ton, als sei meine Festplanung ein harmloses Leiden, das am Ende Gutes bewirken werde. Seit jenem Nachmittag im oberen Flur – die Berührung unserer Wangen, meine weggeschobenen Kleider – schien

Jake weicher, besänftigt, er seufzte nicht mehr laut, wenn er an mir vorüberging, tat nicht mehr, als stehe ich ihm im Weg. An diesem Morgen half er mit, blies Luftballons auf, befestigte ein Banner in der Küche, versteckte Preise für die Schatzjagd.

Wie der Tod, so ist auch ein Kindergeburtstag erst real, wenn er geschieht, er lässt sich weder wirklich planen noch vorstellen. Er ist immer unerwartet. Als die Jungen – es waren trotz all meiner Bemühungen nur Jungen – an jenem Tag einfielen, begriff ich, dass das Fest, ungeachtet meiner Vorbereitungen, eine Tortur werden würde. Oder vielleicht, dämmerte mir allmählich, gerade *wegen* meiner Anstrengungen, meines eigensinnigen Beharrens auf dem Piratenthema mit seinen Waffen und Augenklappen, die das Sehvermögen der Kinder einschränkten.

Wir öffneten die Türen zum Garten und sahen zu, wie alle ins grelle Licht stürzten – jetzt schien die Sonne, ungewöhnlich warm für die Jahreszeit, Paddy hatte mir dafür gedankt –, auf der Wiese mit den Schwertern kämpften, auf das Trampolin kletterten.

Schuhe aus!, rief ich, mit zu viel Druck in der Stimme, es klang kratzig, verbraucht. Jake stand mit mir an der Tür und lachte über den Anblick von zehn kollidierenden Miniatur-Piraten mit wackelnden Augenklappen und in die Luft ragenden Schwertern. Ich sah ihn an und wunderte mich, dass er das lustig und nicht besorgniserregend fand. Ich lehnte mich an ihn, nur leicht, wollte das durch Osmose aufsaugen, diese entspannte Freude, diese kleine Distanz, die offenbar der Schlüssel war, um die Elternschaft genießen zu können. Ich schob den Gedanken fort, wie viel einfacher es für *den Ehemann* war – für den die

Familie das Zweitwichtigste sein konnte, ohne dafür Entschuldigungen oder Ausreden finden zu müssen. So standen wir ein paar Sekunden lang da, sogen den Sonnenschein auf, dessen Hitze auf unseren Gesichtern der Liebeswärme so ähnlich war.

Vom Trampolin kam ein jäher Aufschrei, ein keuchendes Jaulen, nach einem Moment der Stille setzte ein Babyähnliches Weinen ein. Die Kinder hörten abrupt auf zu springen, die Sicherheitsnetze schwangen aus. Dann tauchten aus ihrer Mitte zwei Kinder auf – Paddy und sein Freund Thomas. Sie waren voller Blut.

Es hatte mich kurz beflügelt, so viele Kinder anvertraut zu bekommen, wusste ich doch, dass ich kaum auf zwei aufpassen konnte. Als die Eltern sie daließen – sie wirkten erleichtert und machten sich kaum die Mühe von Small Talk –, wirkte das wie eine Referenz, eine Bestätigung meiner Kompetenz in Kindererziehung. Aber die hatte ich nicht. Ich lächelte nur und gab mir Mühe, kompetent, erwachsen, mütterlich auszusehen.

Jetzt, wo zwei verletzte Kinder auf mich zukamen, denen Blut aus der Nase, den Augen, von den Wangen tropfte, sah ich, dass das ein Fehler gewesen war. Ich war keine Mutter. Ich war ein dummes Mädchen, das gestolpert und in dieser Art von Leben gelandet war. Aber ich beherrschte die Rolle, wie immer. Ich stürzte hin, Jake stürzte hin. Ich ging erst zu Thomas und musterte sein Gesicht mit der gebündelten Konzentration, die Panik verleiht. Ich sah sofort, dass das viele Blut aus einer einzigen Wunde strömte, etwa fünf Zentimeter quer über die Stirn, ein Riss in der sonstigen Glätte, eine Abweichung. *Er ist in Ordnung.* Das kam von Jake. *Er hat Nasenbluten.*

Ich begriff, dass er Paddy meinte, und wurde sofort von Schuldgefühlen überschwemmt, weil ich mich erst dem anderen Jungen zugewandt hatte.

Sie sind wohl mit den Köpfen zusammengestoßen, oder – ich blickte auf Paddys Hand, die ein kleines Holzschwert hielt.

Das ist nicht dein Schwert, mein Schatz, sagte ich und begriff, was offenbar passiert war. Er hatte das Schwert, dieses merkwürdig scharfe Ding, von jemandem geliehen, und beim Hüpfen hatte es Thomas aus Versehen – oder absichtlich – getroffen. Ich betete insgeheim, dass es ein Unfall war. *Bitte, bitte* –

Ich holte eine Papierserviette und drückte sie Thomas an die Stirn. Draußen beorderte Jake alle vom Trampolin. Paddy saß neben mir, hielt sich ein blutiges Papierknäuel an die Nase und ließ alle paar Sekunden einen Schluchzer hören.

Er hat mich gehauen, Mami, keuchte er durch das Blut – ich sah Thomas an, der wenig überzeugend den Kopf schüttelte, seine Augen füllten sich mit Tränen. Ich verspürte eine Welle der Freude: Nicht mein Kind hatte eine Gewalttat verübt. Sondern dieses Kind, mit seiner mustergültigen, unfehlbar am Schultor wartenden Mutter, seinem beeindruckenden, Anzug tragenden Vater. Ich grinste breit, bevor ich es unterdrücken konnte.

Aber man darf niemanden hauen! Ich sagte das neutral, machte einen ernsten Mund, versuchte, den Kopf so zu drehen, dass ich dabei beide ansah.

Aber ich hab gar nicht gehauen, Mami! Paddy begann zu protestieren. *Das Schwert hat ihn aus Versehen getroffen und dann hat er mich geboxt.* Jetzt stotterte er, das Nasenblut bedeckte noch Mund und Zähne und sprühte beim Reden über den Tisch.

Leg den Kopf in den Nacken, sagte ich zu Paddy. *Und wir denken immer daran* – hier sah ich Thomas an, ich konnte nicht anders –, *nicht schubsen, nicht schimpfen. So heißt es doch in der Schule, oder?* Mein Puls normalisierte sich. Ich versuchte, langsam zu atmen. Es war nicht meine Schuld, sagte ich mir immer wieder. Ich hatte Paddy ein schönes Fest geschenkt; ich hatte getan, was ich konnte.

Sofort, nachdem es passiert war, schrieb ich Thomas' Mutter Sarah eine SMS. Man musste nachvollziehbar handeln, das wusste ich. Alle nötigen Schritte befolgen, wie in der Schule, die den Eltern Unfallberichte schickte, eigenartig bürokratische Formulare mit einem Umriss des menschlichen Körpers, der an polizeiliche Mordermittlungen denken ließ, die Verletzung markiert durch einen wacklig gezogenen Kreis. *Schlug Schulter am Kopf eines anderen Kindes. Im Sinnesgarten gestürzt. Mit Eis gekühlt.*

Thomas hat sich beim Trampolinspringen im Gesicht verletzt, schrieb ich an Sarah. *Alles ok, wir meinen, es muss nicht genäht werden. X*

War die Erwähnung des Nähens beruhigend oder nicht? War ein Kuss unangemessen oder wäre der Ton ohne Kuss zu schroff? Ich widerstand dem Impuls, mich in der SMS zu entschuldigen, aber als sie kam, um ihn abzuholen, purzelten die *Tut-mir-Leids* nur so aus mir heraus, zerfließende Erschöpfung, und landeten vor ihren Füßen.

Kein Problem, sagte sie, schmallippig, während sie Thomas' Kopf inspizierte. Aber dann: *Wie viele waren auf dem Trampolin?* Sie blickte in den Garten hinaus, wo vier oder fünf Jungs, jetzt unbewaffnet, in der Sonne hüpften.

Na ja, schon einige, wir haben ihnen die Schwerter weggenommen ... Es tut mir so leid, Sarah, wirklich. Ich fühle mich schrecklich.

Ich fühlte mich in diesem Moment wirklich schrecklich, obwohl Thomas' Wunde schon fast verheilt wirkte, sein Gesicht glühte noch von der Reise nach Jerusalem. Er hatte besonders viel gegessen, lauthals verkündet, er sei Vegetarier, und dann fünf Käsesandwiches und einen Berg Rohkost gegessen. Das erzählte ich Sarah, um der Verletzung etwas entgegenzusetzen. Ich war eine gute Mutter! Ich hatte diese verfluchten Karotten geschnipselt!

Sarahs Gesicht blieb unverändert. Sie sah mich immer noch an, als sei sie meine Lehrerin, als sei sie so unendlich viel erwachsener und urteilsfähiger als ich. Was ja stimmte. Ich musste es sagen.

Also, vorher hatte er Paddy auf die Nase geboxt, und dann ...

Ihr Mund wurde spitz, ich schreckte zusammen und versuchte, es zu bagatellisieren. *Jungs eben!* – ich konnte es kaum ertragen, wenn jemand das sagte. Mir war jedes Mal, als müsste ich laut schreien, mir die Wimpern ausreißen. Gerade hatte ich es selbst gesagt.

Sarah hob die Augenbrauen. *Nun ja, danke für die Einladung. Komm, Tommy.*

Ich hielt Tommys Festtütchen hoch, ein letztes Friedensangebot. Es war offensichtlich schwer und gut gefüllt, an der Außenseite kletterten verzweifelt winzige Comic-Piraten hoch. Ich sah, wie Sarah kurz innehielt, aber ihr Sohn hatte sich die Tüte schon geschnappt und marschierte in Richtung Tür, schwang sie am Griff hin und her, summte leise vor sich hin. Die anderen Kinder gingen wenig später, der Sturm war ebenso schnell hindurchgefegt, wie er gekommen war, das Haus wirkte danach wie ausgewrungen, es herrschte eine Atmosphäre dumpfer Erleichterung. Alle vier fielen wir im Wohnzimmer aufs Sofa, die Jungs wühlten lustlos durch ihre Süßigkeiten, Jake und ich stöhnten, öffneten die Augen und schlossen sie wieder.

Er saß so dicht neben mir. Plötzlich schien es normal, sich an seine Schulter zu lehnen, den Kopf leicht an den seinen zu legen. Jake beugte sich vor und küsste mich auf den Scheitel, kurz, mein Körper blieb reglos, zuckte nicht einmal.

Aus dem Augenwinkel sah ich, wie Ted uns schweigend beobachtete, er kaute ein Bonbon, aus einem Mundwinkel tropfte Spucke. Wenig später blickte auch Paddy auf, seine Aufmerksamkeit wurde kurz von der Festtüte abgelenkt. Ich hielt still, ließ unsere Körper so zusammen verharren, damit die Jungs uns auf diese Weise sahen. *Glücklich.*

Und vielleicht könnte das auch Realität werden, das Ganze zuvor nichts als ein *Ausreißer*, etwas, worüber wir, irgendwann einmal, spätabends sprechen würden, mit Worten würden wir die Vergangenheit wie einen Teig in verschiedene Formen ziehen, und in der Dunkelheit des Zimmers erschiene alles gleich glaubwürdig und zwingend.

Wir würden hier, an dieser Stelle, aufhören, so, wie wir auch kein drittes Kind gezeugt hatten, weil uns rechtzeitig klar geworden war, dass das ein Fehler wäre. Ich legte Jake den Kopf auf die Brust, sein Herz unter meinem Ohr klang wie eine holprige Straße, ein fragmentierter Vorgang, das Zusammenziehen und Entspannen, elektrische Impulse, die jederzeit aufhören konnten.

Zwei sind genug, flüsterte ich in den Stoff seines Hemds, schmeckte den chemischen Blütenduft des Waschmittels, der Klang meiner Stimme war so schwach, dass er es kaum hören konnte.

33

In jener Nacht schliefen wir im selben Bett ein, wachten im selben Bett auf. Wir drehten uns um und sahen einander an, atmeten einander auf die Haut. Das machen Eheleute so. Das sollte nichts Ungewöhnliches sein. Aber es schien nicht Monate, sondern Jahre her, seit ich auf seiner gesprenkelten Gesichtshaut dieses bestimmte Licht gesehen hatte, das seine rötlichen Stoppeln wie Glut aufleuchten ließ.

Ich wusste, als ich aufwuchs, dass mich zu verlieben das Wichtigste war, was ich jemals tun würde. Jedes Lied und jeder Film bestätigten das. Aber als Jake mich zum ersten Mal küsste, war ich überrascht. Ich könnte es als etwas Naturwissenschaftliches beschreiben, etwas Gärtnerisches, Botanisches. Ein Erblühen, ein Dehnen, mein Brustkorb war plötzlich voll frischer Luft. Jetzt schien in unseren Küssen – zart, tastend – dieser Moment mitzuschwingen, wie Neuinszenierungen einer Geschichte aus unserer Vorzeit.

Jake brachte die Kinder in ihren Ferienclub, danach wollte er jemanden aus dem Institut treffen, er hoffte, etwas über den zu erwartenden Ausgang der Untersuchung zu erfahren. Er hatte sich am Morgen rasiert und seine besten Sachen angezogen. Ich sah zu, wie er die Jungs zur Eile drängelte, sein Hemd fiel locker auf den Gürtel. *Mein Mann*. Ich spürte eine Welle des Stolzes, es hatte etwas Unvertrautes, etwas, das ich jahrelang nicht mehr empfunden hatte.

•

Als sie gegangen waren, kümmerte ich mich um die Reste des Festchaos, das Banner an der Wand, die Geschenkpapierfetzen hinter den Stühlen. Ich begann mit den Luftballons, brachte einige in das Kinderzimmer und sammelte die übrigen ein, um sie kaputt zu machen. Ich hielt die schon etwas schlaffen Rundungen nach unten und stach mit einer Nadel hinein, hörte den Knall, jedes Mal eine Überraschung. Ich fragte mich kurz, was die Nachbarn denken mochten, ob es wie Schüsse klang. In den Berichten über Terrorattacken schienen die Menschen Schusswaffen zunächst gar nicht identifizieren zu können. Der erste Gedanke – und oft auch noch der zweite, dritte, vierte – war, dass es sich um Feuerwerk, Fehlzündungen, platzende Luftballons gehandelt habe.

Beim Putzen verging die Zeit unendlich langsam. Ich sah auf die Uhr, erledigte ein halbes Dutzend Dinge – räumte eine Schachtel in einen Schrank, brachte den Müll raus, hob ein Spielzeug vom Boden auf, hob fünf Spielzeuge vom Boden auf – und sah wieder auf die Uhr. Ich wusste nicht, was sich verändert hatte, die Zeit oder ich, und ob ich mich inzwischen so schnell bewegte, dass die Minuten mich nicht mehr, wie früher, trugen. Schon Stunden, bevor ich die Jungs abholen musste, war ich mit allem fertig; ich hatte Zeit für mich.

Ich zog mich an, bequeme Kleidung und leichte Schuhe. Ich wollte mich leicht fühlen, meine Füße sollten sich leicht vom Boden heben. Ich nahm fast nichts mit, meine Hände waren frei. Niemand würde wissen, dass ich zwei Kinder hatte, die völlig von mir abhängig waren. Ich ging am Sportplatz vorbei zu den Wiesen und zum Fluss hinunter, wandte mein Gesicht den Weiden zu, der Himmel zog meinen Blick an. Es roch süß und üppig, Sonne auf Grün, auf dem Wasser trieben Kajaks und Schwäne vorbei. Es war ein schneller, geschäftiger Tag; ich hielt das Gesicht in den Wind, fühlte seine sanfte Kraft auf der Haut.

Ich ging lange, vorbei an Studentenpaaren, die Händchen hielten und sich leise unterhielten, Kleinkindern, die auf Laufrädern behäbig an mir vorbeirollten, die Füße über den Boden gleitend. Schließlich erreichte ich – müde und verschwitzt – ein Lokal jenseits der Wiesen, wir kamen oft am Wochenende mit den Jungs hierher, kauften ihnen Fruchtsaft und Limonade und Chips, genossen Momente friedlichen Knabberns, inmitten anderer Familien, die das Gleiche taten. Unter der Woche war es ruhiger. Alte Männer saßen in Gruppen zusammen und unterhielten sich, einer strich sich auf eine Weise über den Bauch, die Stolz vermittelte, wippte auf dem Stuhl, sein Bier golden vor ihm. Ein Paar begann gerade zu essen, die Frau hielt Gabel und Messer über dem Teller und inspizierte jede einzelne Fritte, bevor sie sie aß. Einige leere Tische. Ich beschloss, etwas zu essen zu bestellen, mich vielleicht nach draußen zu setzen. Ich ging nach hinten durch, wo der Garten schmaler wurde, viktorianisch und verwinkelt, mit einigen jähen Biegungen, abgeschiedenen Eckchen.

Sie waren da. Jake und Vanessa. Saßen sich an einem Tisch gegenüber, aßen zu Mittag. Vanessa war fast fertig, sie hatte ihre Lasagne über den Teller verteilt, hatte ein Salatblatt auf die Gabel gespießt. Darauf blickte ich, als Jake mich sah, vom Tisch aufsprang. Ich konzentrierte mich auf den grünen Streifen, der in ihrem Mund verschwand.

Lucy! Wie kommst du –? V. – Vanessa –, wir haben nur geredet. Über die Anhörung. Die Untersuchung, meine ich.

Ich wollte – konnte – ihn nicht ansehen, wollte nicht sehen, wie sich seine Gesichtszüge, sein Blick bei dieser Lüge veränderten. Ich verließ das Lokal eilig, rempelte andere Gäste an, eine Frau verschüttete ihr Getränk, schimpfte hinter mir her. Ich rannte fast über die Wiesen zurück, seine Worte dröhnten in meinen Schritten.

Wir

haben

nur

geredet

Wir

haben

nur

geredet

Vielleicht war es die Wahrheit. Aber warum hatte er heute Morgen gelogen, das Gesicht so nah an meinem. Ich war sicher, dass Jake «er» gesagt hatte, als er «jemanden aus dem Institut» erwähnte, jetzt hörte ich dieses «er» wieder, es verhöhnte mich. Und warum hatten sie dieses Gartenlokal gewählt? Es lag nicht am Stadtrand, aber der größte

Universitätstrubel war weit entfernt. *Gefahrloser Wochentag*, hatten sie wohl gedacht.

Vanessa hatte sich nur kurz umgedreht, aber ich hatte ihren Gesichtsausdruck gesehen. Da war kein Bedauern, dachte ich, nur etwas wie ein unbeteiligtes Nicht-Erkennen, als habe sie mich noch nie gesehen. Der Fluss, gerade noch sanft fließend und beruhigend, war jetzt vom Wind aufgewirbelt, ein kühl rauschender Strom, Vanessas Blick mittendrin.

Äste wehten mir ins Gesicht. Mein T-Shirt klebte mir unter den Armen, war feucht am Hals. Von meiner Brust strahlte ein Schmerz aus; mir war, als brenne mein Herz, werde rosa-orange wie das Herz einer Heiligenstatue. Ich konnte mir vorstellen, wie es tropfte, in mich hineinsickerte.

Ich kam nach Hause, kickte im Flur die Schuhe von den Füßen. Immer noch eine Stunde, bevor ich die Jungs von der Schule abholen musste. Ich ging auf und ab, presste mir die Hände über die Augen, grub mir die Fingernägel in die Haut. Diese Hände. Sie waren mir immer sanft vorgekommen, klein und weich, fast wie Kinderhände, je genauer ich sie betrachtete, umso mehr Linien bekamen sie. Aber jetzt sahen sie anders aus, irgendwie größer, die Nägel zu lang und zu gebogen. Keineswegs, wie sich zeigte, die Hände einer Schriftstellerin oder einer Akademikerin. Etwas anderes.

Ich verließ das Haus wieder, knallte die Tür zu, überprüfte nicht – wie sonst immer –, ob sie verschlossen war. Ich ging in die Einkaufsstraße. Ich hatte eine Liste gemacht, es gab einiges, was ich brauchte. Auf dem Bürgersteig, quer über den Himmel sah ich den weiteren Tagesverlauf vor mir aufgespannt: Wie *nett*, wie zuvorkommend und beherrscht ich mit den Jungs sein würde, bei ihren Zankereien und Kümmernissen.

Wenn sie mit Fernsehen oder miteinander beschäftigt waren, würde ich in mein Zimmer gehen. Würde aus dem Fenster schauen, über den Sportplatz, auf die Bäume mit ihren perfekten Silhouetten, unveränderlich, genau die Art von Zeugen, die ich brauchte, Zeichen, dass ich noch am Leben war.

Es ist das letzte Mal. Er legt sich hin, ein warmer Abend, das T-Shirt hochgezogen, den Kopf abgewandt.

●

Der erste Schnitt ist offenbar nicht ausreichend. Jake liegt immer noch schweigend da, die Augen friedlich geschlossen, als habe er nichts gespürt.

Ich nehme ein Papiertuch und tupfe den Blutstropfen auf, der an seinem Bein hinabrollt, auf das Bett und das weiße Laken zu. Das Blut läuft auf dem dünnen Papier auseinander, ein Kreis, ein rotes Auge.

Okay? Schon als ich es ausspreche, klingt die Frage dumm. Genau das hatte der Anästhesist zu mir gesagt, als der Chirurg meinen Körper aufbrach.

Aber Jake nickt, klar, ohne die Augen zu öffnen. Ich deute das als Erlaubnis, als Aufforderung, weiterzumachen. Wäre es vorbei, würde er sich sicher aufsetzen und mir zeigen, dass es zu Ende ist. Er tut nichts dergleichen. Er bleibt liegen, er schweigt weiter.

●

Das ist kein Rasierer für die Beine. Er hat keinen Klingenschutz und keine Feuchtigkeitsgleitstreifen. Es ist *ein echtes Rasiermesser*, ein Gerät, das Jake kaum benutzt hat. Eine Schnapsidee, ein Internetkauf, fast umgehend wieder vergessen.

Es hat einen Holzgriff, gebogen, glatt wie Bootsplanken. Eine schimmernde, zwölf Zentimeter lange Klinge. Umweltfreundlich, hatte er betont. Es gab, hatte er gesagt, Videos von Männern, die sich damit erfolgreich rasierten, die Klinge Tag für Tag im Licht aufblitzen ließen.

Ich erinnerte mich, wie er an einem Herbstnachmittag geübt hatte, wie wir beide zusammenzuckten, als er sich erst einmal, dann noch einmal schnitt, einzelne Blutstropfen, Individuen, die ins Waschbecken rollten.

•

Er stimmte sofort zu, als er nach Hause kam, sein ganzer Körper war besiegt.

Ein letztes Mal. Das dritte Mal, das alles verändern sollte.

Mach's richtig schlimm, Lu. Eine langsame, gleitende Mundbewegung, die Imitation eines Lächelns. Er sah zu Boden, auf seine Hände. Er sah mich nicht an.

Ich konnte noch das Bier in seinem Atem riechen, konnte das Bild von Vanessas Rücken nicht aus dem Kopf bekommen, das Salatblatt auf ihrer Gabel. Langsam, im Laufe der Stunden, waren weitere Einzelheiten aufgetaucht.

Als ich das Desinfektionsmittel kaufte, hatte ich einen Gesichtsausdruck – Vanessas Ausdruck – vor mir gesehen, den ich schon bei der Weihnachtsparty wahrgenommen hatte, etwas zwischen Mitleid und Hohn.

Als ich die Jungs zu Bett brachte, sah ich ihren Rock, unter dem Tisch. Leder, dachte ich. Und ihre Stiefel: glattes Leder, kniehoch, stabile Absätze.

Die Beine überkreuzt. Die gemeißelte Linie ihres Halses, die Kerbe ihres BH-Trägers.

Ihre Füße: Waren sie mit Jakes Füßen verhakt? Sosehr ich mich bemühte, ich konnte es nicht sehen.

●

Der Oberschenkel war Jakes Idee. Ein Moment flirrender Irrealität, als er die Hosen ablegte, ein Bein der Boxershorts hochzog.

Ich spürte eine Macht, die ich immer andersherum erlebt hatte: Ärzte, Krankenschwestern, Hebammen, über meinen Körper gebeugt. Die tun konnten, was sie wollten. Die Sekunden, bevor sie zur Tat schritten, maskierte Intimität, ein verschwommener Mangel an Wiedererkennen.

Ich schloss dann immer die Augen, so wie jetzt Jake. Ich wollte nie sehen.

●

Die Klinge drückt fester. Aber. Etwas ist schiefgegangen; statt eines Tropfens kommt ein Schwall. Es ist eine Wand, eine Welle, eine Flut. *Meine Schuld*.

Statt Stille Schreien, von keinem von uns, von uns beiden, um unsere Köpfe herum, seinen Körper, meine Hände, es schwebt aus dem Fenster, der Sonne entgegen.

34

Erst versuchte ich, die Blutung selbst zu stillen. Ich presste Unmengen von Toilettenpapier auf den Schnitt, aber es war zu viel Blut. Jake schrie, sah an sich hinunter, befahl mir, erst dieses zu versuchen, dann jenes.

Wie fest hast du denn gedrückt?, sagte er einmal, die Augen weit aufgerissen und leicht flackernd, als würden sie gleich in den Kopf zurückrollen.

Ich sagte nichts; es gab nichts zu sagen. Der Augenblick, als ich ihn geschnitten hatte, war verschwunden, ein Blackout. Jetzt schien das sowieso unwichtig; wichtig war nur das Blut und dass es nicht zu stillen war. *Du wusstest, dass das passieren würde*, sagte eine Stimme in meinem Kopf immer wieder. *Du hast das absichtlich gemacht.*

Halt's Maul. Ich rief das laut und drehte mich dabei weg, als wolle ich etwas ausspucken.

Was? Jake wurde panisch. Er bewegte sich zu viel.

Ich muss den Notarzt rufen, sagte ich, meine Stimme war jetzt fester, der alte, rosa Schlafanzug, den ich auf die Wunde drückte, wurde weinrot, ein endlos aufblühender Fleck, Farben hinter geschlossenen Augenlidern. Jake war bleich, seine Haut glänzend und ungeschützt, wie frische Farbe.

Eine Welle der Übelkeit. Ich blickte nach unten, kotzte in meine offene Hand. *Ein Unfall. Es war ein Unfall.*

Die Frau am Telefon schien böse auf mich. *Sie weiß es*, dachte ich immer wieder. *Irgendwie weiß sie alles.* Sie stellte weitere Fragen: Ob er atmete? Aus den Augen blute? Alle Fragen betrafen Jake und seinen Körper; keine dazu, wie es geschehen war. *Ein Unfall*, hatte ich gesagt, zu Beginn des Gesprächs. *Ein Unfall mit einem Rasiermesser.* Mehr schien nicht nötig.

Der Wagen ist in fünf Minuten da, sagte sie schließlich mit dieser eigenartig ausdruckslosen Stimme. *Stellen Sie sicher, dass die Haustür offen ist. Stellen Sie sicher, dass die Sanitäter auf das Grundstück kommen können.*

Ich nickte, ganz unsinnig, legte das Telefon auf das Bett.

Ich betrachtete meine Hände, hob sie ans Gesicht, spürte bitter, dass die eigene Berührung nicht tröstete. Ich hatte das alles getan, aber was hatte ich getan? Ich spürte, wie der Schwarm meiner Gedanken in meinem Schädel umherflatterte, bei seinem Fluchtversuch auf Knochen traf.

Ich wollte etwas sagen, das normal klang. *Unfassbar!* Wir würden sicher einmal darüber lachen, später, in einigen Wochen, vielleicht Jahren. Ganz bestimmt, oder? Jakes Augen waren wieder geschlossen; aber jetzt nicht mehr friedlich. Sie waren aufeinandergepresst, qualvoll zusammengekniffen.

~

Hier: Das dritte Mal. Jetzt gibt es kein Zurück mehr.

So hatte sie Blut noch nie erlebt. Unter den Fingernägeln. Irgendwie auch unter der Zunge. Von ihren Fingern in ihren Mund getropft.

Sosehr sie auch spuckt, soviel sie auch trinkt, es bleibt. Sie hatte vergessen, wie es schmeckt: ein heißer Bürgersteig; ein Unterarm, direkt aus dem Swimmingpool. Wie ein Kreißsaal: wie die Zukunft.

~

35

Wenn wir den Vorhang rundherum zuzogen, hatten wir eine Art Privatheit von der Größe eines Rechtecks, das Bett, der Ständer mit dem angehängten Beutel, der Stuhl, auf dem ich sitzen konnte. Jakes Eltern waren noch bei den Kindern, sie waren seit dem Vorabend da, herbeigeholt durch einen Telefonanruf und eine kurze, unwahre Erklärung. Jake sollte am nächsten Tag entlassen werden; es gab eine Narkose, die Angst vor einer Infektion, eine schwindelerregende Anzahl von Stichen.

Er lag in einem der oberen Stockwerke, hatte das Bett am Fenster. Während er, von Schmerzen und Medikamenten erschöpft, schlief, sah ich unverwandt aus dem Fenster, auf kahle Felder, wo Bauarbeiten für einen weiteren Krankenhausflügel begonnen hatten, Kräne und Bagger ragten hell und scharf in einen dunstigen Himmel. Bei unseren letzten, gemeinsamen Krankenhausbesuchen – den bisher einzigen – war es um die Geburt unserer Kinder gegangen. Damals war mir aufgefallen, dass sich Zeit im Krankenhaus nicht bewegte. Sie bildete Lachen, sammelte sich, stockte.

Das einzige Mal, dass meine Mutter ins Krankenhaus eingewiesen worden war, wussten wir gar nicht, was los war. *Sie bekommt die Weisheitszähne gezogen*, sagte man uns, danach glaubte ich jahrelang – jahrzehntelang –, dass die Zahnchirurgie so etwas mit Gesichtern machte: Sie bemalte die Wangen mit Gewitterfarben – tiefem Indigo, Flaschengrün, marineblauen Schlieren, ließ Augen und Mund anschwellen.

Später hörte ich, dass Kinder alle Zweifel in bemerkenswert hohem Maß unterdrücken können. Selbst völlig Sinnloses – die Halskrause, die *Handgelenksschiene* – wird plausibel, stimmig gemacht, in das Bild eingepasst. Es war ein anderes Krankenhaus als dieses, sah aber genauso aus. Gleicher Fußboden, gleiche Fenster wie die, an denen ich jetzt stand – aus Plastik, stabil, sprungsicher –, mit Blick auf Wolken, die über den Tag zogen.

Jetzt bewegte sich der Vorhang, zögernd, als wolle jemand anklopfen. Das Geräusch eines Mannes, der sich räuspert.

Mrs Stevenson? Eine Stimme, klar und offiziell. Der Vorhang teilte sich. Ein weißer Kittel, ein blasses, schmales Gesicht. Der Arzt fragte, ob es, auch wenn Jake keine *Vorgeschichte* habe, etwas gebe, das sie wissen sollten.

Hat er je davon gesprochen, sich selbst zu verletzen? Hat er jemals versucht, sich das Leben zu nehmen? Ich verneinte alles, hielt den Blick gesenkt. Ich wusste, dass er geschult war, Menschen wie mich zu erkennen: Lügner, Sadisten. Monster. Meine Hände ballten sich in den Taschen, die Nägel scharf an den Innenflächen. Ich hatte das Rasiermesser abgewischt und, ohne nachzudenken, im Küchenmüll vergraben, unter Teebeuteln und Bananenschalen, dem Abfall unserer Woche.

Sie können mich, dachte ich, jederzeit wegschleifen.

Ich stellte mir die Männer vor, die mich holen würden, eine kriminell aussehende Truppe mit Masken vor dem Gesicht, sie zerrten mich aus dem grellen Krankenhauslicht und wichen angewidert zurück, während sie mir Handschellen anlegten.

Der Arzt stellte seine Fragen, ich beantwortete sie. Mein Mund war trocken und zuckte, meine Stimme war mal laut, mal leise.

Ich kam ins Zimmer, er hielt das Rasiermesser. Überall war Blut ...

Während wir sprachen, schlief Jake neben uns, er atmete regelmäßig durch den Mund aus und ein, er träumte, als sei nichts geschehen. Krankenhausangestellte kamen vorbei, manche drehten uns den Kopf zu und starrten unverhohlen durch den offenen Vorhang. Einmal gingen zwei Krankenschwestern nebeneinander vorbei; ich sah den Blick, mit dem sie mich musterten, wie sie sich umdrehten, um noch einmal hineinzuschauen.

Die Schuld – wenn es das denn war – hockte mir auf dem Rücken wie ein Tier, eine körperliche Empfindung von Schwere. Ich musterte den Krankenhausboden, diese glänzenden Quadrate, die vor unsichtbaren Krankheiten wimmelten. Das war Missbrauch, oder? Es war *häusliche Gewalt*. Ich verdiente diese Blicke und viel mehr als das. Was Jake getan hatte, war kein Verbrechen. Fast hätte ich dem Arzt die Wahrheit gesagt. Ich wollte weggebracht werden, plötzlich, einer Bestrafung zugeführt, die sie festlegen würden. Aber er beschuldigte mich gar nicht. Er sagte etwas anderes.

Vielen Dank, Mrs Stevenson. Ich weiß, dass das für Sie sehr schwer sein muss.

Mrs Stevenson?

Mrs Stevenson hob den Kopf. Eine Frau, die auf einer Krankenhausstation mit einem Arzt sprach, hob den Kopf und nickte. Sie dankte ihm – Dr. Davies. Sie drehte sich weg, damit sie ihm nicht die Hand schütteln musste. Sie fühlte den Vorhang im Rücken, sah ihren Mann an – Mr Stevenson –, der im Bett lag, seine Locken auf dem Kissen, das Gesicht fahl. Sie sah wieder aus dem Fenster, auf den sich meilenweit erstreckenden Himmel, der sich zu einem unbekannten Horizont hinzog. Autos, die den Parkplatz verließen, deren rote Rücklichter wie etwas Neues leuchteten. Schwalbenschwärme, die zum nächsten Feld, zum nächsten Baum flogen; sie üben nur, hatte Paddy einmal zu ihr gesagt. Sie bereiten sich vor, trainieren die Flügel für die Monate pausenlosen Fliegens.

~

Sie meint immer noch zu wissen, was sie tut. Sie wird nach Hause fahren, stellt sie sich vor, und sie wird für ihre Kinder, ihre Schwiegereltern Essen machen.

Sie wird lächeln und putzen und trösten. Sie macht alles wieder gut.

~

36

Ich trat aus dem Krankenhaus, blinzelte ins Licht. In meinem Kopf war nur Luft, er flog hoch in die Welt um mich, über den Parkplatz, die schlurfenden Patienten in flatternden Kitteln, die Gebäude, die drohend, sich gleichsam verschiebend, über mir aufragten.

Ich ging ein paar Meter. Mein Körper fühlte sich plump an, riesig, das Gewicht auf meinem Rücken war noch schwerer geworden. Ich wusste, dass ich mich bewegen, schneller vorwärtskommen, der Langsamkeit des Zufußgehens entfliehen musste. Ich rief ein Taxi, lehnte den Kopf ans Fenster, nannte dem Fahrer meine Adresse, ohne die Augen zu öffnen. Ich hatte von meiner Schwiegermutter eine SMS bekommen, wusste, dass alle im Park waren und noch einige Stunden dortbleiben würden, die Jungs aßen Eiscreme und sausten Rutschen hinunter, nichtsahnend.

Im Haus sahen mich die leeren Zimmer an, als sei ich eine Fremde. Die Sonne wanderte hindurch, Lichtblöcke auf den Wänden. Eine blaue Vase, ein Hochzeitsgeschenk, Fotos in Silberrahmen. Eine lächelnde Familie. Zeitschriften, Schuhe, Briefe, Kartenspiele. Es schien, als habe jeder Gegenstand seine eigene Meinung, der Plüschdinosaurier wirkte verloren, ein Geschirrstapel im Spülbecken anklagend. Ich sah jetzt, dass es falsch gewesen war, sich an diesen Ort zu binden, nur ein Gebäude, das mir nicht einmal gehörte. Ich bugsierte mein Fahrrad aus dem Durchgang neben dem Haus, radelte, als sei dies ein normaler Tag, die Straße entlang, ins Nirgendwo, hatte keine Ahnung, wohin ich fuhr.

Ich bin immer gern Rad gefahren, die Räder unter mir drehten sich so mühelos, wie Gehen sein sollte, bummelnd oder rasend, ein Gefühl fast wie Fliegen. Vor Jahren, bevor ich meine Doktorarbeit aufgegeben hatte, war ich ganze Tage in einer anderen, ähnlichen Stadt herumgefahren, von einer Wiese zur anderen, hatte daran gedacht, mich unter eine Kuh zu legen oder im Schlamm zu wälzen. Alles schien besser, als zur Bibliothek zurückzukehren. Ich spürte, wie meine Motivation schwand, mir fiel auf, dass ich nicht fürchtete, sondern hoffte, schwanger zu werden und die Bücher beiseiteschieben zu können.

Jetzt merkte ich, wie ausgehungert ich war, dieser immense Hunger war trotz allem weiterhin da, eine Maschine, die gedankenlos arbeitete, alles verschlang. Ich ging in ein Burger-Lokal, bestellte eine XXL-Portion, saß in einer Nische, wo meine Beine am Sitz klebten. Essen funktionierte, wie früher schon, das Denken wurde ausgelöscht durch Sinneseindrücke, durch Kauen, die Umwandlung fester Objekte in eine Abfolge von Schmecken und Schlucken, Salz von Sprudel hinuntergespült, ölig tropfendes Fleisch in meiner Hand.

Aber als ich fertig war, der Magen prall, kehrten die Gedanken zurück. David Holmes, die grauen Augenbrauen erhoben:

Ich glaube an Vergebung. Wie Sie auch, vermute ich?

Vergeben ist göttlich, hatte man mich als Kind gelehrt. Und so fasste ich, als ich das erste Mal sah, wie mein Vater meiner Mutter ins Gesicht schlug, den Entschluss, ihm zu vergeben. Ich schloss die Augen und bat Gott, mir zu helfen, das Bild in meiner Erinnerung in sein sanftes Pastelllicht zu tauchen, die ständige Wiederholung, wie sie gefallen war. Und binnen Stunden veränderten sich meine Gefühle für meinen Vater. Wenn er mich fragte, wie es mir gehe, hörte ich auf, böse zu schauen und mich wegzudrehen. Ich antwortete: *Danke, gut.* Ich hatte ihm offenbar vergeben, Gott hatte mir geholfen; es war geschafft.

Aber nach und nach spürte ich ein anderes Gefühl in mir aufsteigen. Das Bild meiner Mutter – auf dem Teppich, weinend – war, wie mir klar wurde, nicht verschwunden, sondern verwandelt. Meine Wut war verwässert, verblichen zu einem hellen Schatten ihrer ursprünglichen Gestalt, ein Undercoveragent, den ich beharrlich – monatelang, jahrelang – für etwas anderes halten sollte.

~

In der Grundschule: ein Junge, der für mich schwärmte. Der mich gegen die Backsteinmauern schubste, tat, als sei das ein Spiel, ein Scherz.

Einmal trat er mich fest in den Bauch. Eine Ecke des Spielplatzes, ein Riss im Backstein. Vom Rande des Himmels: Eine einzelne Flügelspitze durchschnitt das Blickfeld.

Mein erster Kuss: Ein Junge namens Mike versperrte mir mit dem Arm die Tür, sagte, ich könne erst wieder hinein, wenn ich es tat. Das Innere seines Mundes war eine wässrige Höhle, ein Ort, aus dem mir Entkommen unmöglich schien.

Irgendwo hinten, in der Nähe seiner Kehle: etwas Krallengleiches, das sich auf mich zubewegte.

~

37

Als ich das Burger-Lokal verließ, war es draußen immer noch hell, der Himmel im Zenit stahlblau, weich auslaufend, über die Stadt gebreitet wie ein Tuch. Ich setzte mich am Fluss auf eine Bank, sah auf das Wasser, das an mir vorbeifloss, auf die Enten, die reglos über seine Oberfläche getragen wurden. Als ein Ruderboot vorbeihastete – der Steuermann rief durch ein Mikrofon –, wandte ich den Kopf ab. Ich wartete, bis der Fluss wieder rein war. Keine Boote, keine Menschen. Nur Wasser. Wartendes Wasser.

Ich betrachtete das Telefon in meinen Händen, die Fingernägel herumgekrallt. Ich hob den Arm und warf es weg. So eine winzige Bewegung, eine Sekunde, weniger. Ein kurzer Moment, etwas, das man später ausblenden konnte. Das Rasiermesser. Fester drücken. Das Handy flog durch die Luft, landete im Wasser, sank schnell, problemlos. Fort.

Ich schaute mich um, ob mir jemand zusah. War das ein Verbrechen? Mein Handy wegzuwerfen? Den Fluss zu verschmutzen. Als Kind hatte ich furchtbare Angst, dass ich versehentlich etwas stehlen, in meine Tasche stecken könnte, ohne es zu merken. Ich stellte mir den Augenblick der Entdeckung vor, wie ich schuldig sein würde, ohne es auch nur gewusst zu haben, ohne mich auch nur darum bemüht zu haben.

Wenn mein Vater mich beim Ungehorsam ertappte, gab es Schläge auf die Rückseite der Beine, nichts Großes, so war das auch bei meinen Freundinnen. Doch das Schlimmste war das Gesicht meiner Mutter. Ihre Enttäuschung war eine Energiequelle – groß genug, um das ganze Land damit zu versorgen.

Es tut mir leid, Mami, sagte ich und legte mich aufs Bett, das Brennen meiner Oberschenkel – scharf, deutlich – war das Beste, was ich hatte, die Stimmen nahmen ihre alte Leier wieder auf. *Abscheuliches Mädchen. Blöde Idiotin.*

Ich solle zu Gott beten, sagte sie, wenn ich wütend wurde. Er solle mir helfen, ein besserer Mensch zu werden. *Mein liebes Mädchen.* Sie hatte mich am Altar gern neben sich, sie wollte, dass wir gleichzeitig die Hand nach der Hostie streckten, unsere Knie nebeneinander auf dem Samt.

Genau dann blickte ich immer den Pfarrer an und hegte die schlimmsten Gedanken, auf die ich nur kommen konnte. Das Pendel seines Schwanzes und die Eier, die wie Glocken unter seinem Talar schwangen. Die fernen, verkrusteten Hohlräume seiner Nase, seine Zunge, dieser verschleimte Fremdkörper. Ich stellte mir vor, wie ich *ihm* die Hostie wieder in *seinen* Hals stopfte und seine Augen vor Überraschung ganz rund würden. Ich war nie Mamas liebes Mädchen gewesen.

Ich habe mein gottverfluchtes Bestes getan. Ich merkte, dass ich das laut gesagt hatte, sah mich um, ob jemand das gehört hatte. Es war niemand da. Nur Bäume, das Licht der Stadt umflorte pfirsichfarben ihre Blätter. Dann: Ein einzelner Schwan glitt flussabwärts, sein gebogener Hals ein Fragezeichen, die sanfte Kurve seines Gefieders wie ein *Ja* auf dem Wasser.

~

Die ersten Harpyien, die ich sah, waren fast gesichtslos, die Augen bleiche Schlitze, die Haare dicke, schwarze Striche, die wie Gestalten hinter ihren Köpfen flogen.

Wie mein Haar, *sagte ich als Kind, berührte die Seite, die Haare, die skelettgleichen Flügel.*

Nein, *sagte meine Mutter, stirnrunzelnd, und schob meine Hand weg.* Überhaupt nicht wie du.

~

38

Als ich mich mit dem Rad der Innenstadt näherte, erblickte ich Menschen, die zusammen ausgingen, in der Hitze trugen sie kurzärmlige Hemden und winzige Kleidchen. Mir fiel ein, dass Freitag war; ich konnte mich nicht erinnern, wann mir das zum letzten Mal etwas bedeutet hatte. Ich dachte an die erste richtige Party, auf der ich gewesen war, an das Lapislazuli-blaue, schulterfreie Kleid, das ich getragen hatte, ohne BH. Ich erinnerte mich, dass ich an diesem Abend fünfzehn Jungen geküsst hatte, ihre Hände um meine Taille, daran, wie bruchlos alles von Erregung in Selbstvorwürfe übergegangen war, nahezu übergangslos.

Du hast was getan?, sagte meine Mutter, als ich ihr etwas davon erzählte.

Du kleine Schlampe! Immer nur einer!

Ich hatte mich geduckt, gespürt, wie Fäulnis an den Beinen hochkroch, noch ein Wort für meine Litanei. *Schlampe*. Dann hatte sie gelacht, mir ihren Arm umgelegt. *Du dummes Ding*. Sie hatte mich auf den Scheitel geküsst.

Ich versuchte, dicht an den Bäumen und Häusern entlangzuradeln und den Kopf abzuwenden. Mir war klar geworden, dass Jake jetzt möglicherweise die Wahrheit erzählt hatte und man inzwischen nach mir suchte. Mein Gesicht könnte im Internet veröffentlicht sein, auf Plakaten. *Heimtückischer Angriff auf Ehemann.* Aber als ich an Grüppchen, Paaren, Studenten, Betrunkenen in eng anliegenden Hemden vorbeifuhr, stellte ich mit Erleichterung fest, dass ich so unsichtbar war wie immer.

Angeblich sind ältere Frauen unsichtbar, aber ich hatte festgestellt, dass das viel früher einsetzt. Ich schob es auf die Mutterschaft, die Flecken auf meiner Kleidung, die Schatten der Erschöpfung unter meinen Augen, den gesenkten Kopf, die Eile. Frauen sehen selbstverständlich immer hin, sie merken, dass deine Jeans eine Idee zu eng sind, deine Haarfarbe gut. Aber Männer sahen jetzt weg. Selbst als ich unter ein paar Bauarbeitern anhielt, die Spätschicht machten, gab es weder Rufe noch Pfiffe. Sie spielten ihre laute Musik und lachten, vielleicht über mich. Sie lachten und ließen die Beine baumeln, schauten nicht einmal, wie tief sie fallen würden.

Ich beugte mich über den Lenker, zog die Schultern hoch, fuhr weiter. Als Teenager hatte ich fast einen Buckel bekommen, weil ich immer versuchte, meine Brüste zu verstecken. Versuchte, sie niemanden sehen zu lassen.

Steh gerade, sagte mein Vater immer. Aber ich sah doch, was dann passierte. Wenn ich in einem Café oder einer Bar etwas zu trinken bestellte, starrten die Männer mir direkt auf meine Brust, als bestellten sie bei mir. Irgendwann nahm ich ab – Titten am Stiel, feixten die Jungs in meiner Klasse –, und sobald ich aus dem Haus ging, riefen Männer hinter mir her, folgten mir nach Hause. Ich konnte sie beobachten, in jedem Geschäft, auf jeder Straße, in jeder Bibliothek. Ältere Männer, alte Männer, sie hielten die Hände ihrer Ehefrauen, gafften mich an, ließen ihre Blicke über mich wandern, taxierten mich.

Nach einem Streit mit einem Freund hatte ich einmal eines Nachts allein einen Club verlassen, torkelnd, wollte mir ein Taxi nehmen. Morgens wachte ich auf, in mir tat alles weh. Kein Portemonnaie, kein Handy. Nichts mehr außer blauen Flecken, mein Körper schien nur noch aus Säure zu bestehen. Ein *Blackout*. Doch ich stellte fest, dass dieses Dunkel voller Löcher war, winzige Erinnerungssplitter quollen hervor, einer nach dem anderen. Ein scharfer Geruch, das Drehen eines Kopfes. Hände an meiner Hüfte, auf meiner Kehle. *Meine Schuld*.

~

Lange Zeit betete ich, wenn ich im Bett lag, zu der Harpyie, sie möge die holen, die mir wehtaten, sie bestrafen, ihnen Gesicht und Hände zerkratzen.

Ich stellte mir vor, wie überrascht sie wären, wenn sie sie sähen: ein Schatten, der größer wurde, in der Luft Gestalt annahm.

~

39

Allmählich kam es mir so vor, als sei ich seit einer Ewigkeit mit dem Rad unterwegs, mein Körper war schweißgebadet, die Glieder vor Anstrengung zittrig, dennoch trieb es mich weiter. Ich befand mich jetzt auf einer langen, hässlichen Straße, gesäumt von aufgegebenen Supermärkten, Autohäusern, grau umrandeten Häuserreihen mitten im dichten Verkehr. Am Ende der Straße, das wusste ich, stand eine winzige, geduckte Kapelle, die vor eintausend Jahren für Leprakranke errichtet worden war. Ich fragte mich, ob sie offen war, ob ich mich auf den Bänken ausstrecken und den Segen von etwas empfangen könnte, das sich vielleicht wie Gott anfühlte. Dort drinnen würde Stille herrschen, das eigenartige, beständige Summen meines Denkens, die sonderbare Harmonie, die, wie ich wusste, allem zugrunde lag, wenn man aufmerksam genug lauschte.

Aber ich fürchtete immer noch manches, das schlimmer war als ich: Geister und Mörder, Männer mit Bierfahne im Dunkeln. Ich dachte nach wie vor, dass jemand mich suchte oder mich töten wollte; das schien dasselbe. Ich radelte an der Kapelle vorbei, wendete und fuhr zurück in die duftende, stille Welt der abendlichen Universitätsstadt, mit ihren Grünflächen, Brücken, den alten Gebäuden, die schön sein sollten.

Ich kam wieder zum Fluss. Die Welt wurde allmählich undeutlich, verschmolz zu einer unterschiedslosen Masse, einem vorgeschichtlichen Wirbel aus Pflanzen, Vögeln, den mitunter schwindelerregenden Wolkenformationen. Neben mir schlängelte sich das Wasser, ledrig schwarz, einladend. Ich folgte seinen Windungen, ein breites Band, das mich mitzog, weiter, immer weiter, bis es abdrehte und ich wieder in eine endlose Autoschlange geriet, Radios hörte, Telefongespräche nach Hause, die Erwähnung von Abendessen und *bin bald da*.

Dieses Mal fuhr ich weiter, als die Straße zur Schnellstraße wurde, sich kreuzende Brücken bebten unter dem Donnern schwerer Lastwagen. Beton und Metall und – irgendwo in weiter Ferne – der Himmel. Hier verlief der tiefe Graben, hier war die Stelle, wo die Hauspreise fielen, makellose mittelalterliche Verzierungen schmuckloser Geometrie wichen, den geraden Linien eines Weizenfeldes, rechtwinkligen Wolkenformationen. Die Autos kamen mir beim Überholen zu nah, es war ihnen egal, dass ihre Seitenspiegel meinen Lenker nur um Zentimeter verfehlten. Ich drängte, blieb in Bewegung, gelegentliche Lücken in den Hecken gaben den Blick frei auf die Landschaft im vollen Abendlicht, das dunkle Gelb, das sich an den Rändern rosa färbte, dunstig von Abgasen.

Ich fuhr durch ein Dorf, dann noch eines, die Beine waren jetzt wund vor Erschöpfung, wie voller blauer Flecken, überreife Früchte, bevor sie vom Baum fallen. Ich dachte daran, sogar noch weiter zu radeln, vielleicht bis zum Meer, etwa zweihundert Meilen. Ich würde in die Pedale treten, bis sich meine Räder im Sand festfuhren, bis ich das Fahrrad auf die Seite legen musste und ich mich danebenlegen konnte, den Abdruck meines Körpers auf dem Strand hinterließ.

Aber ich fuhr nicht bis ans Meer. Ich bewegte mich auf einen stillen und vertrauten Punkt zu, zurück zu mir Vertrautem. Das nächste Dorf rief Erinnerungen auf, gerahmte Bilder eines verlorenen Lebens. Das Schultor, stumm und geheimnisvoll in der Dämmerung, die Wiese im Schatten hoher Bäume, wo ich Wodka pur heruntergekippt hatte, dessen Geschmack mir roh zwischen all dem Laub vorgekommen war. Ein kleiner Laden, in der Entfernung ein Kirchturm – und ich war wieder da; diese mit den Jahren allzu vertraut gewordene Abzweigung, deren regelmäßiges Wiederauftauchen um die Zeit, als ich fortgegangen war, nur immer wieder Enttäuschung bedeutet hatte. Aber jetzt war es etwas anderes: die heruntergekommene, zerfallene Ausgabe seiner selbst, ein Abbild der Zeit.

Erst war ich unsicher, ob es überhaupt dasselbe Haus war. Ich konnte mich nicht erinnern, dass seine Fensteraugen so zur Tür hin absackten, eine Grimasse seiner Niederlage, als sei es verlegen, wolle mich nicht ansehen. Ein Bauer hatte es billig an meine Eltern vermietet, und seit sie ausgezogen waren, hatte eine Reihe noch schlimmerer Mieter – oder Hausbesetzer – ihre Spuren hinterlassen, sei es mit Brandspuren in der Küche oder einem gekritzelten Graffiti quer über der Tür.

Viel Druck brauchte es nicht. Die Schlösser waren alt und morsch, gelockert von denen, die vor mir hier gewesen waren. Sie hatten sich hier verstreut: Bierdosen, ein einzelner Schuh, Tintenfischkringel benutzter Kondome. Meine

Eltern hatten – wie ich – immer zur Miete gewohnt und es immer geschafft, problematische Häuser zu finden. Dieses, wo wir am längsten gewohnt haben, hatte schon Schimmel und Wasserflecken, als wir hier einzogen, jetzt bedeckten sie alle Wände, ein tiefes Schwarzgrün, das weiterkriechen wollte, hinaus in den Garten und dann noch weiter, an Orte, wo es meilenweit keine Mauern mehr gab.

Bei der Hausbesichtigung sagte meine Mutter, es gefalle ihnen, allein zu sein. *Abgeschieden*. Keine Zuhörer. Und der große Garten, ein gezähmtes Fleckchen Land, umgeben von einer Wildnis, die immer einbrechen wollte, meine Eltern kämpften mit Samentüten und Unkrautvernichter gegen sie an, ein gemeinsamer Feind. Das Haus knarzte ständig und war dunkel in den Ecken, aber meine Mutter versuchte, es schön zu machen. Sie schrubbte und war ständig am Putzen, wie auch ich ständig am Putzen gewesen war und geschrubbt hatte. Mein Vater *half*, genau wie Jake, und er fickte andere Frauen, genau wie mein Ehemann.

Ich hatte gehört, wie sie sich deswegen angeschrien hatten, hier in diesem Zimmer, wenn ich die Augen zusammenkniff, sah ich, wie ihre Stimmen über die Wände zogen, so deutlich wie den Schimmel, ein Palimpsest ihrer Anwesenheit. Als er schließlich, kurz bevor ich auszog, gegangen war, war das Auffallendste die Stille gewesen, dass meine Mutter und ich, zusammen, fast keine Geräusche machten. Jahrelang vergaß ich immer wieder, dass sie gestorben war – ihr Herz hatte eines Nachmittags, ganz plötzlich, einfach *aufgegeben* –, ich wollte sie etwas fragen, sie um ihre Meinung bitten, Geräusche machen, um einen Ausgleich für die Zeit zu schaffen, in der wir nicht gesprochen hatten.

Das Letzte, was ich von meinem Vater gehört habe, war, dass er das Land verlassen hatte, irgendwohin, wo es nett und warm war. Ich fand es einleuchtend, dass er an einen Ort verschwunden war, wo das Leben offenbar nur Annehmlichkeiten für ihn bereithielt, gutes Essen, klares Licht, schöne Körper. Er musste nie mehr in dieses Muffig-Klamme zurück, nie mehr den Garten in seinem jetzigen Zustand sehen, diesen Dschungel vor den Fenstern.

Ich strich durch die Räume, suchte nach Dingen, von denen ich wusste, dass ich sie nie finden würde: altes Spielzeug, mein liebstes Bilderbuch. Ich suchte nach der Stelle unter dem Fensterbrett, wo ich meinen Namen in den Verputz gekratzt hatte, fand aber nur verblichene weiße Farbe, ein stummes Nichts. Jenseits der Stille spürte ich die Menschen, die nach uns hier gewesen waren, wechselnde Spuren ihrer unbekannten Leben.

In einer Ecke des Zimmers lag eine Matratze mit einer löchrigen, alten Decke. Ich legte mich hin, auf die Seite, spürte, wie mein Rücken ruhiger wurde, während meine Gedanken jetzt in jede Pore meiner Haut sickerten, ein mildes Feuer entzündeten, wie die Spitze einer Kerzenflamme an meinen Armen, Beinen, Schultern. Ich war erschöpft, völlig am Ende, aber diese Oberfläche loderte, strömte bis an die Ränder meines Selbst, an die Stellen, wo ich die Matratze berührte, dorthin, wo ich aufhörte und die Welt begann.

In Fensternähe war es noch etwas hell, das letzte Licht des Tages, schwach und diffus. Niemand wollte mich, es gab nichts zu tun. Da war das Fenster, es verlangte nichts. Die Tür, nur sie selbst, keine Bedürfnisse, keine laute Stimme. Das Geräusch meines Herzschlags, das Gefühl meines Körpers unter der Wolldecke. Meine Haut, warm und gereizt. Ich begann, mich auszuziehen, ein Kleidungsstück nach dem anderen, dachte an die schmutzige Matratze, andere Empfindungen waren stärker, wichtiger.

Ich strich mir mit den brüchigen, eingerissenen Spitzen meiner Fingernägel über die Haut, reine, unaussprechliche Erleichterung. Es fühlte sich an wie die seltenen Ferien im Ausland in meiner Kindheit, wenn ich von Mückenstichen übersät war, die ich, sagte meine Mutter, nicht aufkratzen durfte, und die unbändige Wonne, wenn ich es mir schließlich dennoch gestattete, eine Empfindung, auf die ich mit meiner eigenen Hand die Antwort gab. Ich dachte an die kleinen Kratzfäustlinge, die die Jungs als Neugeborene hatten tragen müssen, an Teds Gesicht, als ich in dem Trubel einmal vergessen hatte, sie ihm überzustreifen. Von eigenen Kratzmalen übersät, rote Streifen auf Kinn, Wangen, Stirn. *Mein Baby*, hatte ich gestöhnt. In diesem Moment hatte er völlig zerstört ausgesehen. *Ich habe das zugelassen*, hatte ich mir gesagt. Ich hätte ihn daran hindern müssen, irgendwie.

Ich stand auf, als wolle ich aufbrechen, wieder auf mein Fahrrad steigen, durch den Abend fahren, zurück zu ihrer Haut, ihrem süßen Atem auf dem meinen. Aber jetzt war es völlig dunkel; die Fenster zeigten mir nichts. Ich sank auf die Knie, schloss die Augen, sah an den Rändern meines Blickfeldes Lichter, in meinen Ohren war ein Dröhnen, ein Tosen, als streife der Wind über die Baumwipfel. Ich schob meine Fingernägel in die Haare, kauerte mich zusammen, das Gewicht auf meinem Rücken wie zwei Hände, die mich nach unten drückten.

Dann: Einen Moment lang ist es so, als sei nichts davon

geschehen. Als sei ich zu Hause, meine Babys sind bei mir. Ich tagträume, scheint es, jetzt schwebe ich über Kirchtürme, Baustellen, Spielplätze hinweg. Ich erkenne jede Einzelheit, die Nähte von Kleidungsstücken, die in den Gärten trocknen, den Text auf ihren Etiketten. Ich kann weiterfliegen, über das Meer schweben, über Boote, Inseln, auf einen sich ständig entfernenden Horizont zu, nur Weite, keine Zeit. Nur *dies*.

Ich öffne die Augen, betaste mich, bin sicher, dass ich etwas sehen werde: Lebewesen, Schorfflecken, die auftauchen und wachsen. Ich schaue ganz genau hin, suche meinen Körper ab, Zentimeter um Zentimeter. Da ist nichts.

~

Aber mitten in der Nacht sehe ich es endlich und lache: Jetzt geschieht es, ich habe immer gewusst, dass es geschehen würde.

Ich bin sie: *Ich bin hier.*

~

IV

~

Ich erwache mit dem Gefühl, beobachtet zu werden. Ich öffne die Augen und sehe die Wand, das Fenster reglos wie ein lauerndes Tier, das nach mir sucht.

Die Scheibe ist kaputt, der Sprung ein Muster, eine Nachricht. Ich habe alle Versuche aufgegeben, sie zu verstehen.

~

Ich bin seit Wochen hier, denke ich. Oder: erst seit einem einzigen Tag, dem längsten, den ich je erlebt habe. Es hat geklopft und ich habe es ignoriert. Mehr noch: Ich habe mich versteckt.

Ich habe ein Versteck gefunden, wo ich sie immer wieder erzählen könnte – meine Geschichte, ihre Geschichte. Wie wir schließlich hier gelandet sind.

~

Ein Lastwagen fährt auf der Hauptstraße vorbei, er ist so schwer, dass der Fußboden bebt. Aber er ist weit weg: Hierher kommt er nicht.

Ich rolle mich auf die Seite, recke den Hals. Irgendwo hinten unterbreitet mir mein Rücken jeden seiner Schmerzen, eine wispernde Klage. Ich lege mich wieder hin.

~

Dieses Tageslicht ist nicht genug. Ich will mehr, das stärkste, das ich finden kann, die Gefahr von hellem Sonnenschein.

Ich setze mich auf, bin ganz vorsichtig dabei – die Erinnerung an etwas, etwas Postoperatives –, doch dieses Mal ist mein Körper nicht zerschnitten, er ist ein Ganzes. Meine Brüste berühren meinen Bauch, mein Bauch berührt meine Beine.

Sie grüßen einander, als verneigten sie sich, und jetzt erkenne ich es: wie Kleidung alles voneinander getrennt gehalten hat.

~

Es gelingt mir, zu stehen, die Füße leicht auf dem Boden, gebogene Fußnägel berühren die Glanzfolie von Keksverpackungen, Chipstüten. Ich senke den Kopf und probiere sie, hole mit der Zunge die letzten Krümel heraus.

~

Ich denke, dass Mauern nicht mehr so wichtig sind. Ich halte mich am Fensterrahmen fest, genieße die frische Morgenluft. Erde: Fleisch und Brennen. Gras: minzkühl.

Ich reiße den Mund weit auf. Ich begreife, dass ich ihn jetzt so lassen kann. Niemand wird mir befehlen, ihn wieder zu schließen.

~

Es gibt so viele verschiedene Grüns, jedes wie ein Gesicht, wie ein Körper, der sich lustvoll räkelt. Neon, Limone, Smaragd, Salbei und Petrol und Jade.

Dort ist das Feld, der Wald. Das sind jetzt meine Orte.

~

Irgendwo ein Rufen, weit unten im Dorf. Eine junge Stimme, hoch und dringlich. Dabei ein bestimmtes Gefühl, ein Schmerz oder eine Berührung, aber alle Gefühle scheinen gleich.

Sie – ich – hat so viel Zeit mit dem Versuch verschwendet, sie zu unterscheiden.

~

Jetzt die Treppe, den Lücken ausweichen, wo Löcher mich locken, mein Körper ist nun entspannter, er beginnt sich zu gewöhnen. Ich gehe in den Garten, eine Bewegung, ich trampele nicht mehr auf der Luft herum wie früher. Ich lasse sie mich tragen.

~

Jede Wolke klart auf, ich kann sehen. Ich kann so viel sehen. Wenn ich die Augen schließe, erscheint eine Landkarte von allem, sie zeigt die ganze Welt, Stück für Stück. Ich könnte mich dorthin bewegen. Aber ich bleibe. Schaue auf mich herab. Das genügt.

~

Wie es sich anfühlt, wieder zu wachsen: Es schießt mir durch das Herz, wie ein Stein, der aus dem All fällt und zwischen meinen Knochen verglüht.

Ich könnte eine Studie von mir machen, sie allen zeigen. Sagen, wer recht hatte und wer nicht. Welcher Schreiberling hat gesagt, ich wäre abstoßend, ob in Lumpen gekleidet – ich bin in Nichts gekleidet! – oder auf einem Thron sitzend.

~

Offenbar ist Nachmittag: Die Sonne steht wieder niedriger, das bedeutet, glaube ich, Nachmittag. Irgendwo in der Nähe Glocken, sie läuten.

Ich liege auf den Grasstoppeln des Feldes, spüre, wie das Brennen eines fernen Planeten meine Haut rot und hart werden lässt. Dann begreife ich: Ich könnte gesehen werden. Aus einem Flugzeug oder von einer Drohne oder auf eine andere, geheime Weise.

Ich bewege mich, verschmelze mit den Schatten, dem Unterholz, die Welt ist ein warmer Körper unter mir.

~

Im Gras etwas Hartes, aus Holz, das nach Moder riecht, dem Leben, das seine Risse füllt. Ein zerfasertes Tauende: eine Schaukel, denke ich.

Ich schaue einer Assel zu, die über Fäulnis krabbelt, versuche, den Sitz zu sehen, wie er einmal war, als er in den Himmel schwebte.

~

Ich gehe zu den Bäumen. Es ist Nacht. Jetzt krieche ich, fühle, wie mein Bauch über das Gras streicht. Tigerbauch, niedrig, pelzig, von der Erde berührt.

Das Grüne dringt in mich ein – die Nässe, die Pfade, meine Hände in der Erde, das Gras jetzt höher, über meinem Hals. Es sucht meinen Mund.

Die Dunkelheit ist nicht so undurchdringlich, wie ich es gerne hätte: Sie wird von Licht durchbrochen, von ihm aufgeschürft und zerstört.

Hier, denke ich, wird mich die Schwerkraft endlich loslassen. Ich werde nach oben fallen und voran: Ich werde in die Sterne stürzen.

~

Ich glaube, ich habe Hunger. Das ist jetzt schwieriger. Ich lausche. Wie viele verschiedene Arten von Hunger es gibt: kratzend, wimmernd, fordernd.

Tausend Empfindungen, jetzt begreife ich es, nicht nur eine.

~

Meine neuen Hände, denke ich, taugen sicher zum Beerenpflücken, und das stimmt; manche Beeren hängen so tief, dass ich sie direkt mit den Zähnen umschließen kann, andere verlangen, dass ich stehe und pflücke, mein Mund von ihrer Kälte süßsauer.

Ich lehne mich an einen Baumstumpf, lasse den Kopf auf der Schulter ruhen. Ich friere nicht, obwohl ich das sollte, und ich habe keine Angst, das ist das Beste, vor mir ist die Nacht ein leuchtendes Dunkel, in der Finsternis schwanken die Bäume.

Ich kann mich jetzt in meinem eigenen Körper verstecken. Ich kann die Augen schließen.

~

Ich werde von einem Bären geweckt, denke ich, oder einem Erdbeben. Etwas, das den frühen Morgen packt und entzweibricht. Es gab ein Vor dem Geräusch – voller Bauch, sanfte Ruhe – und ein Danach, eine gewaltige Bedrohung, die über allem hängt.

Ein Motor. Jetzt begreife ich es, ein Motor nicht auf der weit entfernten Straße, sondern viel näher. Vor dem Haus.

Jetzt Angst, zum ersten Mal, deutlicher als alles andere, ein kühles Licht, das mich durchzieht. Ich muss fort.

~

Mit wenigen Bewegungen bin ich am Haus, jetzt fast schwerelos, kann ungeheure Weiten springen, wie im Traum, Erregung und Schrecken sind eins. Mein Kopf dreht sich hin und her, ich sehe alles. Jedes Blatt an jedem Baum, sie bewegen sich wie ein Chor, eine funkelnde Menge.

Ich weiß, wie ich um die Ecke schleichen muss, ohne gesehen zu werden, wie ich zur Straße komme, ohne dass Blicke mir folgen. Aber etwas geht schief. Stimmen rufen einen Namen in den neuen Tag, diesen ersten Anflug eines Tages, der kaum begonnen hat. Es ist zu zeitig. Es ist zu früh.

Sie dürfen mich nicht sehen – nicht so.

Der Gedanke geht mir durch den Kopf, leise geflüstert, wie von jemand anders.

~

Ich muss weiter, die Straße erreichen. Ich spüre, dass mich das Gewicht auf meinem Rücken behindert. Aber mein Herz schlägt so schnell wie nie zuvor, jetzt ist es nur noch ein einziges umfassendes Gefühl. Ein Brummen, Aufheizen, Sich-Bereitmachen.

Ich öffne meinen Mund, um etwas herauszulassen. Der Laut ist scharf, beißend, ein schneidendes Brüllen. Ich mache es noch einmal.

~

Jetzt startet der Motor wieder, er könnte sogar schneller sein als ich. Keine Zeit, anderswohin zu kommen, nur dieser Ort, eine Kirche, ein Turm, Glocken, die läuten. Da sind Stufen, einfach für mich, der Motor wird draußen abgestellt, die Stimmen. Ich bin über ihnen, mein Atem kommt stoßweise, fragmentarisch.

Ganz oben eine Tür mit einem Schild, eine Warnung. Ich öffne sie, öffne mir einen Weg direkt in den Tag. Da liegt das ganze Dorf vor mir, genau so, wie ich es in meiner Vorstellung sehe. Die Straßen, die Schnellstraße, die ersten Anfänge der Stadt.

Ich kann alles sehen: wie ich geglaubt habe, dass ich leben würde. Die Menschen, mit denen ich meine Tage verbracht habe.

Irgendwo da draußen: Ihr Haus. Mein Haus. Paddy. Ted. Jake.

~

Unten wird gerufen, Schritte kommen näher.

Und hier: Ich umfasse den Rand des Steins.

Ich gehe in die Hocke. Ziehe den Kopf ein, schaue mich um. Ich bewege mich zur Kante, halte den Blick auf die Ferne gerichtet.

Ich schaue ins Licht.

Ich hebe ab.

Einen Dank

An die brillanten Frauen, die dieses Buch in jeder Phase gefördert und mit großer Sorgfalt zu seiner Gestaltung beigetragen haben: meine Agentin Emma Paterson und meine Lektorinnen Charlie Greig, Sophie Jonathan, Katie Raissian und Elisabeth Schmitz. Team Harpyie: So ein unfassbarer Glücksfall, mit euch zu arbeiten.

An Camilla Elworthy, Lucy Scholes, Paul Baggaley, John Mark Boling, Deb Seager, Morgan Entrekin, Lisa Baker, Lesley Thorne, Anna Watkins und alle die anderen bei Picador, Grove Atlantic und Aitken Alexander, die so viel Vertrauen in mein Schreiben bewiesen haben.

An meine ersten Leserinnen und geschätzten Freundinnen: Rebecca Sollom und Kaddy Benyon. An einen begnadeten (Hütten-)Baumeister: Nicholas Sabey. An meine Eltern Penny und Ernie für ihre unerschütterliche Güte und Unterstützung.

Und schließlich an meinen Ehemann und an meine Kinder, die nicht in diesem Buch vorkommen und mir doch auf zahllose Arten beim Schreiben halfen. In tiefer Liebe und großer Dankbarkeit: Tim, Leo, Sylvie.

Literatur bei C.H.Beck

Nicola Kabel
Kleine Freiheit. Roman
272 Seiten. München 2021

Hans Pleschinski
Am Götterbaum. Roman
280 Seiten. München 2021

Jochen Schmidt
Ich weiß noch, wie King Kong starb. Ein Florilegium
240 Seiten. München 2021

Tina Uebel
Dann sind wir Helden. Roman
272 Seiten. München 2021

Alma Mathijsen
Ich will kein Hund sein. Novelle
Aus dem Niederländischen von Andreas Ecke
160 Seiten. München 2021

François Garde
Der gefangene König. Roman
Aus dem Französischen von Thomas Schultz
336 Seiten. München 2021

C.H.Beck